Tucholsky Wagner Zola Scott Sydow Freud Schlegel
Turgenev Wallace Fonatne
Twain Walther von der Vogelweide Fouqué Friedrich II. von Preußen
Weber Freiligrath Frey
Fechner Fichte Weiße Rose von Fallersleben Kant Ernst Richthofen Frommel
Hölderlin
Engels Fielding Eichendorff Tacitus Dumas
Fehrs Faber Flaubert
Maximilian I. von Habsburg Fock Eliasberg Zweig Ebner Eschenbach
Feuerbach Ewald Eliot Vergil
Goethe Elisabeth von Österreich London
Mendelssohn Balzac Shakespeare Rathenau Dostojewski Ganghofer
Trackl Lichtenberg Doyle Gjellerup
Mommsen Stevenson Tolstoi Lenz Hambruch Droste-Hülshoff
Thoma Hanrieder
Dach Verne von Arnim Hägele Hauff Humboldt
Karrillon Reuter Rousseau Hagen Hauptmann Gautier
Garschin
Damaschke Defoe Hebbel Baudelaire
Descartes Hegel Kussmaul Herder
Wolfram von Eschenbach Schopenhauer
Bronner Darwin Dickens Grimm Jerome Rilke George
Melville Bebel Proust
Campe Horváth Aristoteles
Bismarck Vigny Barlach Voltaire Federer Herodot
Gengenbach Heine
Storm Casanova Tersteegen Gilm Grillparzer Georgy
Lessing Langbein Gryphius
Chamberlain
Brentano Lafontaine
Strachwitz Claudius Schiller Kralik Iffland Sokrates
Katharina II. von Rußland Bellamy Schilling
Gerstäcker Raabe Gibbon Tschechow
Löns Hesse Hoffmann Gogol Wilde Gleim Vulpius
Luther Heym Hofmannsthal Klee Hölty Morgenstern Goedicke
Roth Heyse Klopstock Kleist
Luxemburg Puschkin Homer Mörike
Machiavelli La Roche Horaz Musil
Navarra Aurel Musset Kierkegaard Kraft Kraus
Nestroy Marie de France Lamprecht Kind Kirchhoff Hugo Moltke
Laotse Ipsen Liebknecht
Nietzsche Nansen Marx Ringelnatz
von Ossietzky Lassalle Gorki Klett Leibniz
May vom Stein Lawrence Irving
Petalozzi Knigge
Platon Kafka
Sachs Pückler Michelangelo Kock
Poe Liebermann Korolenko
de Sade Praetorius Mistral Zetkin

Der Wilddieb

Ernst Wichert

Impressum

Autor: Ernst Wichert
Umschlagkonzept: toepferschumann, Berlin

Verlag: tradition GmbH, Hamburg
ISBN: 978-3-8424-1377-1
Printed in Germany

Die kurze Juninacht über dem fünfundfünfzigsten Grade nördlicher Breite näherte sich da, wo er die Ibenhorster Forst am Kurischen Haff schneidet, bereits ihrem Ende. Ganz dunkel war sie kaum eine halbe Stunde lang geworden, und auch während dieses Überganges von der Abend- zur Morgendämmerung hatten die Sterne an dem graublauen Himmel, der sich über Wald und Moor spannte, nur bleich geflimmert. Nun rötete sich im Nordosten über dem Rußstrome schon der Horizont. Es war ein fahles Rot, das Mühe zu haben schien, den Dunst zu färben, mit dem sich die Erde umhüllt hatte, und auch dort nur einen etwas reineren und tieferen Ton annahm, wo das Aufsteigen der Sonne zu erwarten stand. Es teilte sich, noch mehr abgeschwächt, auch dem graugrünen, mit einem binsenartigen Grase bewachsenen Moore mit, das zwischen den vorspringenden Waldrändern in breitem Streifen sichtbar wurde und sich endlos in die nebliche Ferne auszudehnen schien. Darüber trillerten die frühen Lerchen. Im dichten Walde schlugen auch bereits die Nachtigallen an, in kurzen Läufen die Kehle prüfend. Ein kühler Schauer schien mitunter die Bäume anzuwehen; sie schüttelten das Laub oder wiegten die Nadelbüschel an den tiefgestreckten Ästen.

Weit und breit keine menschliche Ansiedlung zu erspähen. Was da vielleicht ganz hinten spitzgiebligen Dächern ähnelt, sind Torfhaufen an den vielen tiefen Kreuz- und Quergräben, die das Moor durchziehen und sich in die Forst hinein fortsetzen, ohne ein Gefälle merken zu lassen. Im Herbst wird sie ein streckenweise undurchdringlicher Sumpf bis zum Haff hin, das sie meilenweit abgrenzt.

In einem der mit Wasser gefüllten Gräben lag an diesem frühen Morgen da, wo schon die ersten Waldbäume darüberhin schatteten, ein flacher Handkahn. In demselben saß eine Litauerin, trotz des Sommers mit einem Pelzrocke bekleidet, dessen schmutzigweißes Leder auf den Achseln und an der Brust hinunter blau und rot gemustert war. Sie hatte müde die Stirn unter dem schirmartig vortretenden Kopftuch in die Hand und den Ellbogen auf den Rand des Kahnes gestützt, die Füße mit den kräftigen Lederschuhen unter die faltigen Röcke gezogen. Sie schlief nicht. Von Zeit zu Zeit hob sich ein wenig der Kopf und wandte sich lauschend seitwärts, um doch gleich wieder die frühere bequeme Lage einzunehmen. Die Frau, von deren Gesicht auch im nächtigen Dunkel wenig kenntlich wurde, schien auf jemand zu warten. Vielleicht wartete sie so schon stundenlang. Daß sie sich für die Nacht vorgesehen hatte, bewies der Pelzrock.

Mehrere hundert Schritte nordwärts von diesem Versteck zog sich eine Waldspitze ins Moor hinaus, das hier auf kuppenartigen Erhöhungen mit Gesträuch und einzelnen verkrüppelten Birken bewachsen war. Vor Jahren mochte man einmal versucht haben, sie durch eine Umwallung zu schützen. Diese war jetzt verfallen und streckenweise vom Regenwasser wieder eingeebnet, konnte aber hier und dort wohl noch einem Manne in halber Höhe Deckung gewähren, besonders wo das Farnkraut üppiger gediehen war. Hinter einem solchen Abschnitte zeigte sich denn jetzt auch, unbeweglich an den nächsten Fichtenstamm gelehnt, eine schattenhafte Gestalt. Die schwarzblaue Kappe, hinten bis über den Rockkragen hinaufgezogen, ließ auf einen Litauer schließen, das Gewehr auf einen Jäger. Er hielt es, den Kolben unter dem Arme und die rechte Hand am Schloß, auf der Linken mit dem Laufe zur Erde gesenkt und richtete den Blick auf den Waldrand, das Austreten des Wildes erwartend.

Nun wurde plötzlich ein eigentümlich klapperndes Geräusch vernehmbar. Es kam von jenseits des Waldausläufers her und näherte sich ziemlich rasch. Sehr bald trabte auch ein Tier schwerfällig an den letzten Bäumen vorüber. Es hatte die Größe eines Pferdes und trug auf dem vorn sonderbar zugespitzten Kopf ein mächtiges Schaufelgeweih. Am Halse hing ein dicker Wamm mit langem, braunfarbigem Bart. Ein Elch! Jetzt klapperten die Hufe über eine Kuppe hin; einen Augenblick zeichnete sich die ungeschlachte Figur, anscheinend riesengroß, auf dem Morgenhimmel ab, um gleich wieder in der Senkung halb zu verschwinden. Es folgte ein zweiter ausgewachsener Elch mit einem hochbeinigen Kalbe. Die Tiere entfernten sich von dem Standorte des Litauers und tauchten von Zeit zu Zeit immer weiter hinter dem Gebüsch auf. Er war sofort aufmerksam geworden, hatte sich gewandt und hob auch ein paarmal das Gewehr, setzte es aber kopfschüttelnd wieder ab. Offenbar war die Entfernung für einen sicheren Schuß viel zu weit, aber es schien ihm schwer zu werden, daran zu glauben. Eine Weile wartete er noch, ob die Tiere vielleicht die Richtung ändern und sich im Bogen nähern würden. Da dies nicht geschah, stand er wieder unbeweglich, wie zuvor, das Gewehr zum Anschlage bereit.

Da raschelte kaum zwanzig Schritte seitwärts das Laub, und ein feister Rehbock sprang vor. Er schien nach wenigen Sätzen die Gefahr zu wittern, stutzte, stampfte mit den Vorderläufen auf und machte kehrt. Zu spät! Schon knallte das Gewehr. Der Schuß hatte getroffen. Das Tier sprang auf, überschlug sich, stürzte zu Boden, raffte sich auf und stürzte wieder, die Elche setzten sich in schnellere Bewegung und verschwanden auch bald mit ihrem Schaufelgeweih gänzlich aus dem Gesichtskreise.

Der Litauer eilte nach der Stelle, wo das Wild gefallen war. Er fand es bereits verendet. Sogleich zog er aus der Seitentasche seiner kurzen Jacke einen dünnen Strick, band damit dem Rehbock die Läufe zusammen und warf ihn über die Schulter, vorsichtig die Schußstelle, aus welcher der Schweiß tropfte, nach außen wendend. Das Gewehr behielt er in der linken Hand. Mehr laufend als gehend durchquerte er die Waldecke und das Moor bis zum nächsten Vorsprunge, hinter dem er den Graben und das Boot wußte.

Die Frau war, sobald sie den Schuß gehört hatte, aufgestanden und mit dem Ruder in der Hand in die Spitze des flachen Fahrzeuges getreten, das sie ein wenig auf und ab schob, um sich zu überzeugen, daß es flott sei. Nun hob der Litauer die tiefhängenden Äste, warf seine Jagdbeute hinein und sprang selbst nach. Den Rehbock und das Gewehr bedeckte er eilig mit Tannenästen, die schon auf dem Boden bereit lagen. Dann ergriff er eine Stange, stellte sich in den hinteren Teil des Bootes und stieß ab. Lautlos glitt er über das schwarze Wasser hin.

Der Graben war zu schmal, um den Gebrauch des Ruders zu gestatten, die Frau benutzte es auch nur dazu, mitunter rechts oder links die Böschung zu streifen, um ein Auflaufen des Fahrzeuges zu verhindern. Der Litauer handhabe die Stange aber so geschickt, daß diese Nachhilfe kaum nötig schien. Jetzt erst zeigte er sich in seiner ganzen Höhe von sechs Fuß, hochschultrig und breitbrüstig. Nachdem sie in einen Obergraben eingebogen waren und dann nochmals die Richtung verändert hatten, zog er trotz der Morgenkühle die Jacke aus und warf sie über die Zweige. Noch kräftiger drückten nun die Arme in den weiten Ärmeln des blauwollenen

Hemdes auf die Stange. Das unten in den Stiefeln steckende Bein-kleid von grauem Drillich war mit einem schwarzen Lederriemen um den Leib festgehalten, die Weste darüber offen, der Hals ganz frei. Die braunen Hände schienen wie aus Bronze gegossen. Auch die Kappe hatte er abgeworfen. Das blonde Haar war dadurch über der Stirn in Unordnung geraten. Um die Lippen und das Kinn bis zur Kehle hin zog sich ein dünner Bart, den wahrscheinlich noch keine Schere gestutzt hatte, die sanftgebogene Nase trat energisch vor, und die graublauen Augen blitzten von Zeit zu Zeit über die Grabenränder hinweg. Wenn er die Stange scharf hinter sich einge-setzt hatte, um sich mit dem ganzen Körpergewicht darauf zu leh-nen, und sie dann wieder eine kurze Weile lose nachzog, flog das leichte Fahrzeug nur so durch die schmale Rinne. Er schien aber auch Eile zu haben.

Sich in diesem Gewirr einander kreuzender oder sich verzwei-gender, mitunter einen Flußlauf querender Gräben zurechtzufin-den, konnte nur dem Ortskundigsten gelingen. Niemals aber schien der Litauer auch nur einen Augenblick unsicher. An einer Stelle verlief sich die Fahrstraße in einen verschilften Sumpf, durch wel-chen ein Erdwall gezogen war. Er arbeitete sich mit aller Anstren-gung denselben hinan. Die Frau sprang hinaus und hob die Spitze des Bootes, soweit sie dies mit einem kräftigen Ruck vermochte. Dann stieg auch er aus und zog es mit ihrer Hilfe höher hinauf und über die Krone des Dammes hinweg, bis es nach der anderen Seite kippte und wieder das Wasser erreichte. Dann wurde die Fahrt, jetzt aber mit geringerer Eile, fortgesetzt. Man schien sich für gesi-chert zu halten.

Der Litauer hatte Grund gehabt, sich möglichst schnell unsichtbar zu machen. Nicht zehn Minuten, nachdem der Schuß gefallen war, trat eine Strecke am Waldrande aufwärts der Förster vor, das Ge-wehr gleichfalls schußbereit. Er spähte über die Moorfläche aus, konnte aber niemand erblicken, und näherte sich nun vorsichtig der Waldecke. Vor ihm schnupperte der Hund im Grase, schien aber eine Fährte nicht finden zu können. Erst in der Nähe des Erdwalles sprang er lustiger vor und stieß einen bellenden Laut aus. Der Förs-ter folgte ihm nun in geradester Richtung und fand die Stelle, auf welcher das Reh verendet war. Die Schweißspur leitete den Hund bis zum Graben unter den Bäumen. Dort blieb er schweifwedelnd und knurrend stehen. »Verdammt!« rief der Förster. »Er hat ein Boot gehabt.« Jede weitere Verfolgung erschien ihm ganz nutzlos. Er stieß ärgerlich den Kolben des Gewehrs auf den Boden. »Das ist wieder der Pawils Lauronat, der Schuft«, zischte er durch die Zähne. »Aber warte! Es ist dir nicht geschenkt. Wenn ich die Canaille ein andermal treffe, schieße ich sie ohne Erbarmen nieder!« Er schob hastig mit dem Knebel den langen gelben Schnauzbart rechts und links zur Seite. »Wieder eine Nacht umsonst zum Narren gemacht. Aber warte!«

Den Hund anrufend, entfernte er sich waldeinwärts.

Der Förster hatte richtig vermutet: Pawils Lauronat war der Wilddieb, und es geschah nicht zum ersten Male, daß er sich ein Reh aus dem königlichen Forst holte. Er war einer der sechs Bauernwirte in der Dorfschaft Gilguhnen, deren Äcker und Wiesen am Rande des großen Moores belegen waren. Das Grundstück, in welches er sich vor etwa zehn Jahren eingeheiratet hatte, galt damals für das wertvollste. Seitdem hatte ihm das benachbarte, dessen Besitzer ein Deutscher, namens Liebert, wurde, den Rang abgelaufen. Pawils Lauronat, der Unteroffizier bei der Garde gewesen und dann probeweise als Forstgehilfe beschäftigt worden war, hatte das Glück gehabt, der Busze Erdenings zu gefallen, deren Eltern der Hof gehörte. Sie war das einzige Kind. Die Partie sagte dem Alten nicht sonderlich zu, da dieser Freier nichts einbrachte. Sie fügten sich jedoch, weil ihr Mädel in den hübschen Menschen ganz vernarrt war und Torheiten zu begehen androhte, wenn ihm nicht der Wille geschehe. Nun hätten sie wenigstens gern die Zügel noch eine Weile in der Hand behalten, aber Lauronat war nicht gewillt, als Ehemann der Tochter mit einer abhängigen Stellung im Hause vorlieb zu nehmen. Alles oder nichts! Er könnte ja wohl auch sonst noch eine Frau finden! Und wenn nicht, so bliebe er lieber ledig und warte, bis er im königlichen Dienst aufgerückt sei. Den Herrn Förster nähme auch wohl eine Deutsche. Er wußte ja, das Busze ihn nicht loslassen würde, und trotzte darauf, daß sie ihm eigentlich mehr entgegengekommen wäre, als er ihr. Und er setzte sein Stück durch. Die Alten, die in Wirklichkeit noch nicht alt genug waren, sich auf die Faulbank zu setzen, traten ihm am Tage vor der Hochzeit das Grundstück ab und nahmen ein Ausgedinge. Auf dem Papier freilich ein fast unerschwinglich großes Ausgedinge! Das kümmerte Lauronat aber wenig. War die Busze seine Frau, mit den Schwiegereltern meinte er schon fertig werden zu können. Er besaß des größte Vertrauen zu seiner Rücksichtslosigkeit. Das stand eben nur auf dem Papier. Warum sollten die Altsitzer nicht am Tisch der Wirte essen? Die würden ja doch ihrer einzigen Tochter Hab und Gut nicht sündlich schädigen wollen! Und wenn sie doch muckten, so gab's ja tausend Mittel, ihnen das Leben schwer zu machen. Sie würden schon kirre werden!

Sie hatten sehr bald gemuckt. Nach ihrer Auffassung sollte es ja umgekehrt eine bloße Form sein, daß sie den Kindern das Grundstück verschrieben; sie würden nach wie vor die eigentlichen Wirte sein, meinten sie, und dem jungen Volke gegen gute Dienste Wohnung und Kost geben. Da waren sie nun freilich ganz an den Unrechten gekommen, Lauronat ließ sich auch nicht fingerbreit aus dem Besitz drängen und tat gerade so, als ob er das Grundstück in die Ehe eingebracht hätte. Die Busze stand auf seiner Seite. Sie war auch als Frau verliebt in ihn und tat unbedingt, was er wollte. Die Eifersucht plagte sie, daß er sich einer Hübscheren zuwenden könnte, und sie glaubte sich seiner Treue zu versichern, wenn sie sich seiner Herrschaft völlig unterwarf. So gab es bald schwere Kämpfe. Mit der Tochter hatten die Altsitzer fortwährend Zank und Hader. Pawils ließ sich auf einen Wortstreit selten ein und führte ihn dann mit einer Art von vornehmer Überlegenheit, als ob es eigentlich unter seiner Würde sei, noch ein Wort zu verlieren. »Geht doch zum Prozeß,« sagte er, »ich weiß ja, daß ihr gewinnen werdet. Aber bis dahin dauert's eine Weile, und sie wird euch länger werden als mir. Was mir schließlich der Exekutor abnimmt, wird euch nicht fett machen. Ihr werdet schon noch erkennen, daß es euer Vorteil ist, euch mit mir zu vertragen.« Sich vertragen, das hieß, sich alles von ihm gefallen lassen und noch schönen Dank dazu sagen. Er war hartnäckig. Das Prozessieren kostete viel Geld, mehr als er oft besaß. Aber er behielt doch recht: auch für die Altsitzer kam dabei nicht viel heraus, und den Ärger hatten sie umsonst. Endlich wurden sie wirklich zahm und nahmen einen Vergleich an. Das geschah, nachdem Lauronat einmal seinen Schwiegervater windelweich geschlagen hatte. Nicht im Zorn. Er hatte sich dabei kaum merklich aufgeregt. Aber Erdenings wollte durchaus nicht still sein, obgleich er ihm wiederholt den Mund verbot; da mußte er ihm doch zeigen, daß er der Stärkere sei, und das besorgte er nun gleich gründlich. »Du bist ein Schlimmer«, sagte der alte Mann, als er krank zu Bett lag, und Lauronat sich ganz freundlich erkundigen kam, wie es ihm gehe, »man muß Furcht haben, von dir totgeschlagen zu werden.« – »Ja,« antwortete er lachend, »wenn ich einen erst unter den Händen habe, so weiß ich selber nicht, wie's enden kann. Es braucht mir ja keiner nahezukommen.«

Er war riesenstark. Es ging das Gerede, er hätte einmal, als er noch Soldat war, zwei Männer, die ihn auf dem Tanzboden anrempelten, aufgehoben – mit jedem Arm einen – und zum Fenster hinausgeworfen. Wenn er die Schulter unterstemmte, konnte er ganz allein einen beladenen Wagen aus dem verfahrenen Gleise heben. Einen Stier, der wild geworden war, hielt er bei den Hörnern fest, bis man ihn gebunden hatte; ein Scheunentor auszuheben, war ihm eine Kleinigkeit, wenn er's nur mit den ausgespannten Armen fassen konnte. Einen Betrunkenen nahm er auf den Rücken und trug ihn, wenn es sein mußte, eine Viertelmeile weit nach Hause. Er war nicht streitsüchtig, ging aber auch einem angebotenen Kampfe nicht aus dem Wege. Er konnte nicht gut hören, daß jemand sich seiner Kraft rühmte, und ruhte dann nicht eher, bis er ihn einmal untergebracht hatte. Mit den stärksten Litauern in den Dörfern am Moor und landeinwärts über Kaukehmen hinaus, mit den Arbeitern bei der Schwarzorter Bernsteinbaggerei, mit den Fischern in Gilge und mit den Holzflößern in Ruß hatte er sich gemessen und jeden Gegner geworfen. Dem Pawils Lauronat aus Gilguhnen, hieß es, hält niemand stand; der hat Knochen von Stahl und Muskeln von Eisen.

Busze war stolz auf ihren starken Mann, hatte aber selbst Angst vor ihm. Wenn er sie fest anfaßte, zitterte sie, daß er ihr den Arm zerbrechen möchte; sie begab sich selten in Gefahr und leistete lieber aufs Wort Gehorsam. Nur wenn er die Kinder, die ihm sonst lieb waren, bestrafen wollte – sie hatte ihm zwei geschenkt –, stellte sie sich ihm entgegen und nahm seine rauhe Behandlung lieber auf sich.

Er war auf seine Person eitel und trug gern Kleider vom feinsten Tuch und Hemden von blendend weißer Leinwand, im Schnitt freilich ganz litauisch. Nicht nur an Sonn- und Festtagen zeigte er sich so in der Kirche, sondern auch während der Woche, und selbst bei der Feldarbeit vernachlässigte er nicht seinen Anzug. Das glaubte er dem früheren Unteroffizier schuldig zu sein. Auch sonst spielte er gern den vornehmen Mann, besonders im Kruge, und ließ etwas draufgehen, wenn es galt, protziges Volk auszustechen. Der »Pons Unteroffizier« – Pons ist Herr – hat immer Geld wie Heu, hieß es; es muß ihm's einer in die Tasche hexen.

Daß er ein fleißiger Landwirt sei, wagten selbst die nichtsnutzigsten Schmeichler ihm nicht ins Gesicht zu behaupten. Er hätte sie ausgelacht, denn er wollte von der »Knechtsarbeit« so wenig als möglich wissen. Seine Frau mochte mit den Leuten das Feld besorgen, und wenn der Altsitzer ihr dabei helfen wollte, so hatte er doch eine Beschäftigung. Nur im Notfalle griff er ein, dann aber, als ob ohne ihn alles zugrunde gehen müßte. Seine Liebhaberei war Pferdezucht und Pferdehandel. Davon verstand er auch etwas. Auf seiner Weide grasten gewöhnlich ein paar Stuten von zierlichstem Wuchs. Jeden Morgen putzte er sie sorgfältig und reinigte ihnen selbst den Stall; den Hafer schüttete er ihnen selbst in die Krippe, und das beste Wiesenheu für den Winter wurde ihnen im trockensten Fache der Klete aufbewahrt. Im königlichen Gestüt zu Trakehnen kannte man ihn, und lobte seine Erfolge. Für seine zweijährigen Fohlen wurde auf den besten Märkten ein hoher Preis bezahlt, und oft fanden sich jüdische Händler in Gilguhnen ein, bei ihm nach neuer Ware zu fragen. Bald gab er sich auch selbst mit dem Handel ab, kaufte und verkaufte. Die Pferdejuden bei all ihrer Schlauheit zu überlisten, machte ihm den größten Spaß. Er ließ sich nichts vorspiegeln und wußte selbst einen Gaul so gut vorzustellen, daß man nicht leicht entdeckte, was er verschweigen wollte. Aber so schönes Geld er auch mitunter verdiente, es blieb ihm davon doch nur ein geringer Verdienst, denn er mußte sich viel auf der Landstraße herumtreiben und außer dem Hause zehren. Und er war auch gar nicht der Mann, zu sparen. Was mit so leichter Mühe eingenommen wurde, fand unschwer seinen Weg wieder aus der Tasche heraus. Und wenn er erst »im Zuge« war, gab es für ihn kein letztes Gold- oder Silberstück; bei allen Gastwirten stand er in der Kreide.

Seine bedenklichste Leidenschaft war aber die Jagd. Sein Hauptmann hatte ihn den besten Schützen der Kompagnie genannt; seine Zahl der Treffer war bei allen Übungen die größte gewesen. Er liebte sein Gewehr und sammelte die Prämien, um sich nach der Entlassung selbst eine gute Büchse anschaffen zu können. Die Fertigkeit im Schießen empfahl ihn dann auch für den Forstdienst. Als er geheiratet hatte und zu einem gewissen Wohlstand gelangt war, pachtete er von der Gemeinde die Jagd auf der Feldmark und den Wiesen am Flusse. Es fehlte da im Herbst und Winter nicht an Hühnern und Hasen. Er nahm's auch mit Grenzern nicht so genau und pirschte in die Nachbargebiete hinüber. Mit der Flinte unter dem Arm, hohe wasserdichte Stiefel an den Füßen, den kurzen Pelzrock bis zum Halse zugehakt und die Kappe über die Ohren gezogen, halbe Tage lang über die Felder zu streichen, war sein Hauptvergnügen. Was er schoß, war für die eigene Wirtschaft wenig brauchbar. Er verkaufte es an den Kaufmann im nächsten Ort, der Wildbret auf den Markt nach Tilsit oder Königsberg schickte. Ein Verkaufen war's eigentlich kaum zu nennen. Gewöhnlich saß er bei solchen Besuchen eine ganze Weile fest, ließ sich Speisen und Getränke geben und traktierte die anderen Gäste. Der Krüger schrieb ab und an, was ihm beliebte.

So den großen Herrn zu spielen, war für den Bauer nicht ungefährlich. Die Jagdliebhaberei verleitete ihn aber auch zum Wildern, und damit kam er nun auf eine ganz abschüssige Bahn. Der Ibenhorster Forst lag so bequem, und er kannte darin vom königlichen Dienst her Weg und Steg und jeden Zugang und Schlupfwinkel. Obgleich er den Förstern sehr verdächtig war, gelang es ihnen doch nur selten einmal mit großer Mühe, ihn abzufassen und zur Anzeige zu bringen. Dann hatte er viel Schererei vom Oberförster und Gericht. Aber das besserte ihn nicht. Hatte er den Förstern einige Zeit Ruhe gegeben, um sie in Sicherheit zu wiegen, so knallte seine Büchse plötzlich wieder, wann und wo sie ihn am wenigsten vermuteten. Endlich zeigte man den besten Willen, ihn für jeden Schuß, der in der Forst fiel, verantwortlich zu machen. »Das war der Lauronat«, hieß es allemal. Sogar das seltene und im Ibenhorster Reviere für hohen Besuch gepflegte Elchwild fand sich angeschossen.

»Du wirst dich noch ins Zuchthaus bringen«, warnte der Förster, als er Pawils einmal zufällig bei einer Hochzeitsgasterei traf. »Ihr schwört, ohne gesehen zu haben,« antwortete der Litauer dreist, »dann ist's keine Kunst, einen zur Strafe zu bringen. Übrigens – wer da schießt, dem will ich's nicht übelnehmen. Der liebe Gott läßt die Tiere im Walde wachsen und nährt sie von dem, was der Mensch nicht gesäet und gepflanzt hat. Es ist Überfluß vorhanden und geschieht dem König kein Schaden, wenn der arme Mann sich einmal einen Braten holt. Es ist nicht Gottes Ordnung, daß das Wild im Wald und der Vogel in der Luft und der Fisch im Wasser ihren Herrn haben sollen, bevor sie gefangen sind. Aber mich geht's nichts an; ich hab' nur gehört, daß andere so denken. Denen paßt auf!«

Auch in dieser Nacht war der Förster zu spät gekommen.

Busze hatte schon oft den Kahn bewacht, wenn ihr Mann in dem Forst wilderte. Er verlangte diesen Dienst von ihr, da er dem Knecht, den er früher mitgenommen, nicht traute, seit er einen geheimen Verkehr zwischen ihm und den Forstbeamten bemerkt hatte. »Wenn sie ihm genug geben, zeigt er mich an«, sagte er, »und leistet auch noch den Eid. Es ist besser, wenn er nichts weiß.« Die Frau gehorchte ungern, aber sie gehorchte, beim Widerspruche weniger Schläge, als seinen Spott und den Vorwurf der Feigheit fürchtend. Nachdem sie einmal eingewilligt hatte, fragte sie nun auch gar nicht mehr, weshalb er sie mitten in der Nacht wecke, stand leise auf, zog sich an und folgte ihm. Wenn sie seufzte, geschah es, ohne daß er's hören konnte.

Es war schon recht hell geworden und der Himmel hinter ihnen safrangelb, als in einiger Entfernung Strohdächer sichtbar wurden, immer zwei oder drei zusammen und diese Gehöfte ziemlich geradlinig in nicht weitem Abstande voneinander. Sie lagen halb versteckt unter Bäumen, nach ihrer zierlichen Form zu schließen, Weiden und Birken. Nun hörte auch das Moorland auf, und zu beiden Seiten des Grabens zogen sich zwischen schmäleren Wasserrinnen Getreidefelder und Kartoffeläcker hin. Der Kahn glitt unter einer Brücke hinweg, die dem Feldwege zur Verbindung diente. Sie lag so tief, daß Lauronat aufspringen konnte und Busze sich bücken mußte. Auf der anderen Seite erhob sich ein dichtes Weidengebüsch mannshoch über den Boden. Hier zog er den Kahn heran und lud seine Jagdbeute aus. »Der Bock war schon einen Schuß Pulver wert«, bemerkte er lachend. Vorher hatte er gar nicht gesprochen.

»Ja«, antwortete Busze, »es ist ein starkes Tier.«

»Und ich traf gut,« fuhr er fort, indem er auf die Wundstelle wies, »kein Förster hätte besser treffen können. Übrigens – viel fehlte nicht, so hätte ich diesmal einen Elch geschossen. Wenn das Vieh nur hundert Schritte näher ...«

»Was wolltest du mit dem Elche anfangen?« fragte sie. »Er ist für einen Mann zu schwer und hätte doch liegen bleiben müssen.«

»Aber das Geweih würd' ich ihm ausgebrochen haben, und vielleicht wär' auch noch Zeit gewesen, ihm das Fell abzuziehen.«

»Wer sollte das kaufen? Es wird scharf aufgepaßt. Das Elchwild ist für die großen Herren.«

»Deshalb gerade zwackt's einem in allen Gliedern, so etwas auch einmal für sich zu haben. Einen Elch zu schießen, wenn's genug nahekommt, ist fast zu leicht. Als ich in der Oberförsterei angestellt war, kam aus England ein reicher Lord zugereist, der brachte einen Schein mit, daß er ein kräftiges Tier schießen dürfte. Es wurde ihm denn auch ein Rudel vorbeigetrieben, aber er schoß nicht. Das Vieh war ihm zu dumm. Jeder denkt nicht so. Es ist eine große Ehre, einen Elch schießen zu dürfen, und die will ich mir selbst holen. Hoffentlich ein andermal!«

Während dieses Gespräches zog er den Rehbock in das Gebüsch hinein und legte ihn in eine Vertiefung des Bodens und bedeckte ihn mit Laub. Busze wischte im Kahne das Blut auf. »Ich gehe von hier nach Hause«, sagte der Mann. Das bedeutete für sie den Befehl, das Boot allein auf den Fluß und in den kleinen Holzhafen zu bringen. Sie nahm denn auch sogleich die Stange in die Hand und schob es weiter.

Lauronat ging über das Feld und trat durch die hintere Türe in sein Haus ein. Links von dem schmalen Gange standen die Pferde, rechts die Kühe. Aus diesem Stallraume gelangte er in einen breiten Flur mit niedrigem Ziegelherde, über dem ein eiserner Grapen von der Balkendecke herabhing. Das Feuer war gänzlich erloschen. Die Tür gegenüber seitwärts führte in eine kleine offene Halle, welche auf die Straße am Fluß mündete, die Tür geradeaus in die Stube, eine dritte in die Kammer der Altsitzer. Lauronat klinkte die Stubentür leise auf, zog Stiefel und Rock ab und legte sich ins Bett.

Als Busze nach einer halben Stunde gleichfalls eintrat, fand sie ihn schlafend vor.

Eben war die Sonne über dem Moor aufgegangen.

Der Wirt erhob sich erst gegen Mittag. Seine Frau hatte nicht geruht, sondern die Kinder zur Schule abgefertigt und mit der Magd das Vieh gefüttert, dann das Essen besorgt. Lauronat war in ärgerlicher Stimmung, und sie besserte sich nicht, als Martin Erdenings auf dem Hof an ihn herantrat und für den Nachmittag ein Fuhrwerk forderte. »Willst du schon wieder spazierenfahren?« fragte er ihn, sich auf den Stiel der Axt stützend, mit der er eben eine Klobe Holz zerkleinerte.

»Ich will nicht spazierenfahren«, antwortete der Altsitzer, ein schwächlich aussehender Mann mit langem, grauem Haar, hustend und sich rasch ereifernd. »Ich fahr wohl auch spazieren? Du läßt deinen Altsitzer spazierenfahren – du?! Nicht zu den notwendigsten Geschäften gibst du uns das Fuhrwerk!«

Lauronat zuckte die Achseln. »Wohin willst du denn?«

»Das hab' ich nicht nötig, dir zu sagen. Es steht in meiner Verschreibung, daß ich zwölfmal im Jahre Fuhrwerk fordern kann – zur Kirche und zu Besuchen in der Nachbarschaft und wozu es mir gefällt. Willst du es leugnen?«

»Auf dem Papier steht auch sonst mancherlei. Und – es muß mir doch mit dem Fuhrwerk passen.«

»Es paßt dir nie mit dem Fuhrwerk. Heut' laß ich mich aber nicht abweisen. Und wenn es denn wissen willst, ich fahre zum Rechtsanwalt – der soll mir eine Klage gegen dich aufsetzen, weil ich das bare Geld von Martini immer noch nicht bekommen habe. Es ist eine Schande! Sieh, wie ich schon mit meiner Jacke gehe! Und ich kann mir nicht einmal Tabak kaufen. Gib mir mein Geld, Pawils, und ich brauche dein Fuhrwerk nicht.«

»Bar Geld ist allemal knapp«, meinte der Wirt. »Ich weiß nicht einmal, wovon ich zu Johanni die Zinsen zahlen soll. Meinst du, ich hab's vergraben?«

»Warum wirtschaftest du so schlecht?« eiferte der alte Martin. »So ein schönes Grundstück! Als es noch in meinen Händen war –«

Lauronat stieß die Axt auf die Klobe. »Davon rede nicht. Ich kann wirtschaften, wie es mir gefällt.«

»Das wollen wir doch sehen! Laß anspannen – ich fahre zum Rechtsanwalt.«

»Das geht heute nicht an, Martin!«

»Weshalb geht es nicht an?«

»Weil ich das Fuhrwerk selbst brauche.«

»Du?«

»Ja, ich! Der Wirt geht vor. Ich fahre nach Kaukehmen.«

»So nimm mich mit.« »Es paßt mir diesmal nicht. Ich fahre allein.«

Der Alte grinste. »Es soll wohl keiner wissen, was du auf dem Wagen hast? Bist du nicht wieder die Nacht fortgewesen? Dazu hast du ja auch – «

»Schweige!« herrschte Lauronat ihn an. »Es kümmert keinen, ob ich in der Nacht schlafe oder wache. Und kurz – das Fuhrwerk kann ich dir nicht geben. Die Klage läuft ja auch nicht fort. Willst du unvernünftig sein, dazu kommst du auch morgen oder übermorgen zur Zeit. Und nun geh und laß mich ungeschoren.«

Er hob die Axt und ließ sie mit solcher Wucht niederfallen, daß die Holzklobe zersplitterte. Erdenings sprang zur Seite und entfernte sich, leise fluchend. »Der ist ein Schlimmer – der ist ein Schlimmer. Aber das Gericht wird ihn schon unterbekommen – das Gericht!«

Er klagte Urte in der Kammer, wie grob Lauronat ihn behandelt hätte.

»Gott wird ihn strafen«, sagte sie. »Wenn er's so weitertreibt, hat er das Grundstück nicht mehr lange. Wir müssen schweigen, denn unsere Tochter steht uns nicht bei – er hat sie ganz von uns abgewendet. Aber Gott wird ihn strafen.«

Pawils spannte wirklich gegen Abend die beiden Braunen vor den leichten Korbwagen und fuhr ab. Er schlug den Feldweg ein und machte an der Brücke halt. Nachdem er sich durch eine Umschau überzeugt hatte, daß kein Mensch in der Nähe war, trat er in das Gebüsch, holte den Rehbock vor und legte ihn unter den Sitz. Die Pferdedecken breitete er darüber. Dann stieg er wieder auf und lenkte tausend Schritte weiter in die Chaussee ein. Er fuhr nun im schärfsten Trabe, um sich etwas sehen zu lassen. Wer an ihm vorüberkam, blickte ihm auch nach. »Der Lauronat hat die besten Pferde! Ja, der versteht sich darauf.«

Und so fuhr er auch mit knallender Peitsche in den freundlichen Ort ein und vor dem Kruge auf, daß der Staub aufwirbelte. Er lenkte den Wagen gleich am Podest mit den Holzbänken und dem Eingange zur Krugstube und am Materialladen vorüber in die offene gegen das Hauptgebäude ein wenig vorgelegte Einfahrt, wo schon andere Fuhrwerke standen. Abspringend rief er dem Knechte zu: »Schirr ab!« Es war also seine Absicht, eine Weile zu bleiben.

Von einem barfüßigen Jungen, der ein Ferkel aus der Einfahrt zu jagen bemüht war und dabei das Hühnervolk in Aufruhr brachte, ließ er sich sauber abstäuben. Mit einem kleinen Taschenkamme ordnete er Haar und Bart. Die Peitsche – eine herrschaftliche Peitsche von Rohr und Ledergeflecht mit blanken Ringen am Griffe – behielt er in der Hand; sie schien ihm auf dem Wagen am wenigsten sicher. Die Mütze von blauem Tuch mit kleinem Schirm und Glanzlederriemen darüber schob er tief aus der Stirn. So trat er hochaufgerichtet wie ein Gast, der des Willkommens gewiß ist, über den Podest in die Krugstube ein.

Eine kurze Weile blieb er in der Nähe des Eingangs stehen und musterte die Gesellschaft. An dem einen Tisch saßen litauische Bauern beim Schnaps, an einem andern Leute von mehr städtischem Aussehen, zwei ihm bekannte jüdische Pferdehändler und mehrere Aufkäufer von Vieh, beim Bier. Von dem in einer Nische stehenden Schanktische kam ihm der Krüger entgegen, grüßte freundschaftlich und forderte ihn auf, bei den anderen Gästen Platz zu nehmen. Lauronat schien aber keine Eile zu haben. Es gefiel ihm offenbar, daß sich alle Blicke auf ihn richteten und die Männer hier und dort zusammenrückten, ihn in ihre Mitte aufzunehmen.

»Bring' mir eine Zigarre«, sagte er, »und ein Glas Bayrisches, wenn es trinkbar ist, aber flink, ich habe Durst.« Nun stellte er die Peitsche ans Fenster und ließ sich auf der leerstehenden Bank unter demselben nieder. Jetzt erst erwiderte er den Gruß der Händler, wenig verbindlich, nur mit einem nachlässigen Kopfnicken.

Der Krüger eilte herbei, in der einen Hand ein schäumendes Seidel, auf dem Arm drei Zigarrenkisten. »Wähle dir aus,« sagte er, »du liebst die kräftigen. Hier hab' ich eine neue Sorte, die ich wohl empfehlen kann, kostet aber acht Pfennige.«

Lauronat hob das Kinn. Pah! was kommt es darauf an? Er griff in die vorgehaltene Kiste, nahm einen schwarzbraunen Stengel heraus, rollte und drückte ihn zwischen den Fingern, daß er knisterte, biß die Spitze ab und benutzte das Streichholz, das der Wirt ihm schon angezündet vorhielt. Dann tat er einen tiefen Zug aus dem Glase, setzte es nach kurzem Verschnaufen wieder an und trank es leer. Der Krüger nahm es ihm aus der Hand und brachte es neu gefüllt zurück. Dann setzte er sich neben ihn und erkundigte sich, wie es in Gilguhnen mit der Fischerei gehe. »Es ist eine wahre Schande,« bemerkte er, »daß wir hier im Lande für teures Geld nicht mehr ein ordentliches Gericht Fische zu kaufen bekommen; es geht alles nach auswärts.«

»Ja,« bestätigte der Litauer, »die Fischhändler in Gilge machen den Markt, Deutsche und Juden. Mit den Fischen über Land zu fahren, lohnt für den einzelnen wenig. Ohne die Deutschen und Juden ist kein Geschäft möglich, mit ihnen aber nur ein schlechtes.«

Der Krüger, der selbst ein Deutscher war, lächelte verschmitzt. »Was du an mir hast, weißt du, denke ich«, sagte er.

»Na,« knurrte der Litauer, »Du kennst deinen Vorteil. Was bin ich dir denn noch schuldig? So alles in allem?«

»Ach laß das, Pawils, laß das«, wehrte der Krüger ab. »Du bist mir sicher.«

»Heut' will ich auch nicht bezahlen. Übrigens –« Lauronat neigte sich zur Seite und sprach im Flüsterton – »auf meinem Wagen liegt etwas unter den Decken. Nimm das herunter, damit sich's nicht ein anderer holt. Und laß gleich die Decken ins Haus bringen, sie könnten einem gefallen. Verstehst du?«

Der Krüger nickte und verschwand bald aus der Stube.

Nun trat Moses Pinkus heran. »Wie geht's, Herr Lauronat?« fragte er dienernd. »Wollen Sie nicht an unseren Tisch kommen? Der

Itzig Löwenberg, mein Kompagnon – Sie kennen ihn. Und die anderen sind auch gute Freunde.«

»Du sprichst ja litauisch,« sagte Lauronat, »ich höre das lieber.«

»Wie du willst, Pawils, mir ist's gleich. Und wenn du lieber hier sitzen magst ...« Er winkte Löwenberg, da Lauronat keine Anstalt machte, sich zu erheben. Nach und nach nahmen auch die fremden Aufkäufer und Schlächter ihre Seidel in die Hand und traten an den Tisch. »Ich hab' dich vorhin mit deinen Braunen vorbeifahren sehen«, fuhr Pinkus, mit den Nasenflügeln zwinkernd, fort. »Tüchtige Traber, hübsche Tiere, anscheinend ganz gleich in der Farbe. Willst du verkaufen?«

»Nein,« antwortete Lauronat, »ich behalte sie noch ein Jahr, dann bekomme ich den doppelten Preis.«

»Es fragt sich doch, was ich dir heut' schon biete. Für Kutschpferde sind sie freilich zu klein. Aber vor einem leichten Wägelchen –«

»Gib dir keine Mühe, ich verkaufe nicht. Die beiden hab' ich selbst gezogen und will an ihnen noch eine Weile meine Freude haben. Übers Jahr frage wieder nach.«

Pinkus rückte auf der Bank näher. »Hast du schon Löwenbergs Stute gesehen?«

»Welche?«

»Die mit dem Stern. Ein Prachtpferd und gar nicht einmal teuer. Er hat sie in Wehlau auf dem Markt gekauft. Der Besitzer gab sie mit Tränen in den Augen fort. War aber in Not.«

»Reitpferd?«

»Reitpferd, Wagenpferd, was du willst! Das Füllen hättest du sehen sollen!« Er küßte seine Fingerspitzen. »Mit der Stute ist Gold zu verdienen, wenn sie an den richtigen Mann kommt. Das wär' was für dich!«

Lauronat hatte im Winter seine Zuchtstute verkaufen müssen und dachte längst an einen anderen Erwerb. Gleichwohl tat er so, als ginge ihn die Sache gar nichts an. »Ich bin nicht neugierig«, sagte er paffend.

»Du kannst doch aber einmal sehen,« meinte Löwenberg, »wir haben das Pferd hier im Stall.«

»Eine Puppe von Pferd«, rühmte Pinkus, »und doch kräftig. Ein Gangwerk –! Ah! Die Hufe tanzen nur so über den Boden hin. Und wie es den Kopf trägt! Ein Paradepferd, sag' ich dir. Erst fünfjährig!« Er gab Löwenberg einen Wink, der sich darauf entfernte. »Sehen kostet ja kein Geld. Wenn wir warten wollen, bis die Kunstreiter nach Königsberg kommen, machen wir ein großes Geschäft.«

»So wartet doch.«

»Es ist jammerschade, wenn so etwas für die Zucht verloren geht. Das erste Füllen bringt den Preis ein. Na – guck' dich einmal um.«

Er zeigte aus dem Fenster hinaus. Löwenberg führte auf dem Platze vor dem Kruge das Pferd umher. Es war wirklich ein schönes Tier. Alle standen auf und traten ans Fenster, zuletzt auch Lauronat. »Wir haben die Stute drei Tage lang hinter unserem Wagen gehabt,« sagte Pinkus, »nun sieh, ob du irgend etwas von Ermüdung anmerkst. Dabei füttert sie sich gut.«

Auch die Litauer hatten sich erhoben. Ein hübsches Pferd zu besichtigen, war jedem von ihnen ein Vergnügen. Einige gingen hinaus, andere folgten. Auch Lauronat widerstand nicht lange. Um Löwenberg, der den Halfterstrick hielt, bildete sich ein Kreis. Man strich dem Gaul über den Rücken, hob ihm die Beine auf, prüfte die Zähne. Der Händler führte ihn im Schritt und im Trabe vorüber, setzte sich auf und galoppierte auf der Landstraße hin und her. Dann von neuem Besichtigung in der Nähe. Der Schlächter fragte nach dem Preise.

»Tausendfünfhundert Mark«, sagte Pinkus, mit den Augen blinzelnd.

»Unsinn!« rief Lauronat.

»Löwenberg läßt vielleicht mit sich handeln. Aber du willst ja nicht kaufen.«

»Nein«, antwortete der Litauer. Seine Blicke blieben doch begehrlich auf dem Gaul haften. »Zu dem Preise rat' ich's auch keinem andren.«

»Wie hoch möchtest du den Wert schätzen?«

»Bah!« Lauronat trat wieder heran, legte die Hand auf, untersuchte die Fesseln und Hufe, öffnete das Maul. »Achthundert allenfalls. Das heißt –«

Die beiden Händler lachten hellauf. Lauronat blieb aber ganz ernst.

»Das heißt, für mich wär' auch das zu viel«, fuhr er fort. »Ich geb' nicht mehr als siebenhundert.«

Die Händler lachten noch unbändiger. »Das ist dein Spaß«, sagte Pinkus. »Willst du mit den beiden Braunen tauschen?«

Nun lachte der Litauer ebenso spöttisch, machte eine kurze Wendung und ging in das Haus zurück.

Auf der Landstraße hatte sich eine große Menge Menschen angesammelt, Männer und Weiber, wie sie nicht der zufällige Verkehr hier zusammengeführt haben konnte. »Was gibt's denn?« erkundigte er sich beim Krüger.

»Ach – in meinem großen Saal will heut' ein Baptisten-Missionär predigen«, gab derselbe Auskunft. »Er spricht litauisch, ist auch ein Litauer von Geburt und heißt Martin Paukstat. Er nennt sich aber Martin Keleiwis, als ob er mit dem Blatt zusammenhängt und von da geschickt ist. Nun zieht er hier durchs Land und hat viel Zulauf. Sie wissen aber noch nicht recht, ob er zu den wirklich Erleuchteten gehört. – Deine Decken übrigens hab' ich vom Wagen hereingebracht.« Er blinzelte dazu listig.

Das »Blatt«, auf welches der Krüger anspielte, war Lauronat, wie jedem Litauer wohl bekannt. »Keleiwis«, das heißt »der Wanderer«, kehrte in viele Häuser ein. Auch Erdenings und seine Frau erbauten sich regelmäßig daran, denn es brachte stets außer allerhand weltlichen Nachrichten eine Predigt.

»Willst du auch zuhören gehen?« fragte der Krüger.

»Vielleicht,« antwortete Lauronat, »weil ich doch einmal hier bin ...«

Er setzte sich wieder an den Tisch, an dem bald auch die Händler Platz nahmen. »Bring' Wein«, rief er dem Krüger zu, »von dem starken roten, und fünf Gläser dazu.«

»Eine Flasche?«

»Zwei!« Die Stute kam ihm nicht aus dem Sinn. Wirklich ein Prachtpferd! Er meinte, beim Wein werde das Gespräch schon nochmals darauf kommen und den Preis, auf dem die Juden ernstlich bestehen wollten, herausbringen. Hätte er nur Geld gehabt! Aber seine Taschen waren ganz leer. Er wußte, daß er nicht würde kaufen können, und doch reizte ihn der Handel.

Der Krüger brachte Portwein. Es war schlechter Rotspon, stark mit Spiritus versetzt und gezuckert. Das von einer Memeler Firma versandte Getränk entsprach dem Geschmack der Litauer, die einmal etwas draufgehen lassen wollten. Die Köpfe wurden denn auch bald heiß. Pinkus kommandierte noch eine dritte Flasche. Er wollte »auf das Geschäft« anstoßen. Bei jedem Glase war er um hundert, zuletzt um fünfzig Mark heruntergegangen, endlich auf neunhundert stehengeblieben. Löwenberg verschwor sich, er verdiene so schon keinen Pfennig und bedenke nur die Kundschaft in Zukunft. Lauronat zögerte noch.

»Wenn du einen Wechsel nehmen willst –«, warf er so hin. »Ich bin nicht bei Kasse.«

»Was tun wir mit einem Wechsel?« antwortete Pinkus achselzuckend. »Wir fahren im Lande herum, sind bald hier, bald dort und brauchen für unseren Handel bar Geld. Verkauf' uns die Braunen.«

»Nein! Davon sprich nicht.«

»So leih' das Geld hier in der Nähe, wo du Kredit hast.«

»Wer soll mir's leihen?«

»Für tausend Mark bist du doch gut. Sprich mit dem alten Nathan Hirsch in Szibullen, dem weisen Nathan – der hat immer Geld.«

»Ja –«, sagte Lauronat, »der Jude!« Er gab dem Wort einen ganz eigenen Ton und schnitt dazu noch eine Grimasse.

Daß Pinkus und Löwenberg selbst Juden seien, schien dem Litauer in diesem Augenblick ganz zu entgehen. Sie waren ja freilich Pferdehändler, das hob sie aus jedem Vergleich heraus.

Im großen Saal über der Krugstube und dem Laden wurden jetzt geistliche Lieder gesungen. Die Stimme eines Vorsängers drang mitunter durch, mehr um den schwankend gewordenen Takt, als die Melodie sicherzustellen. Meist hielten die Sänger und Sängerinnen trotz der fehlenden Orgel gut zusammen und schienen nicht müde werden zu können, die Verse fast endlos zu wiederholen. Nachdem das so eine gute halbe Stunde fortgegangen war, entstand plötzliche Stille. Es wurde ein leises Gebet gesprochen. Und dann redete jemand laut und nachdrücklich. Bruchstücke von Worten und Sätzen tönten durch die offenen Saalfenster auf die Straße hinaus, auch in der Krugstube vernehmbar. Lauronat erhob sich nach einer Weile und ging hinauf. Er blieb nicht bis zum Schluß und sagte lachend zu den Pferdehändlern, die er beim Kartenspiel in der Krugstube antraf: »Geht nicht vors Haus, wenn die herunterkommen. Es ist von den Juden nicht gut gesprochen.«

Pinkus pfiff durch die Zähne. »F –t! Sie werden nicht dumm sein. Wer kauft ihnen ihre Pferde ab, wenn sie uns totschlagen?«

»Es ist doch nicht zu spaßen«, meinte Löwenberg. »Wenn man die Zeitungen liest – überall wird gegen die Juden gehetzt. Ich hab' neulich ein Bild gesehen, da sitzen drei richtige Mauschels auf einem Pfluge, den Geldbeutel in der Hand, und der Bauer und sein Weib sind vorgespannt. Wenn so etwas böses Blut macht, man kann sich nicht wundern. Jetzt fängt's hier auch schon an. Nun – du hast dich besonnen wegen der Stute?«

Lauronat schüttelte den Kopf. »Morgen vielleicht.«

Er ließ sich den Becher mit den Würfeln vom Ofenrand reichen und bestellte Branntwein. »Ich will mein Glück versuchen!« Das Glück kam aber nicht. Er verlor und wurde eifriger und verlor noch mehr. Sie spielten bis in die Nacht hinein. Der Litauer lieh Geld vom Krüger und blieb Pinkus doch noch eine Summe schuldig. »Es ist nicht mit rechten Dingen zugegangen«, sagte er halb im Scherz und halb im Ernst. Die Nacht schlief er in der Einfahrt auf dem Wagen.

Am andern Morgen besah er wieder die Stute. Sie gefiel ihm sehr. Neunhundert Mark war eigentlich ein mäßiger Preis. Doch bot er noch fünfzig darunter. »Besorge nur Geld,« sagte Löwenberg, »wir werden schon handelseinig werden.«

Geld! Lauronat brauchte auch sonst Geld. Es ging so nicht weiter. Wenigstens die kleinen Schulden mußten bezahlt werden, und auch mit dem Altsitzer wär' er gern ins reine gekommen. Keleiwis hatte vor den Juden gewarnt, das reizte ihn gerade, dort anzufragen. Wo sollte er auch sonst anfragen?

Er steckte wie alle seine Landsleute tief in nationalen Vorurteilen, war auch durchaus nicht frei von Aberglauben. Der Jude war ihm, wenn auch immerhin ein Mensch, so doch jedenfalls eine besondere Art von Mensch, auf den er hochmütig hinabsah. Dabei stand ihm allerdings zunächst der russische Jude im langen Kaftan und hoher Mütze vor Augen, den er mit den Wittinnen und Holzflößen so oft stromab hatte kommen sehen, oder die elende und schmutzige Bevölkerung der kleinen russischen Grenzstädte, die er gelegentlich einmal besuchte. Aber die Scheu und Abneigung übertrugen sich auch auf die einheimischen Mitbürger. Hätte man ihm erzählt, daß letzte Ostern in Czibullen ein Christenkind geschlachtet sei, er würde die Möglichkeit nicht in Abrede gestellt haben.

Nun spannte er doch sein Wägelchen an und fuhr dorthin. Er hätte auch gehen können, da der Ort recht nahe war, aber es schien ihm besser, sich dem »weisen Nathan« mit seinen Braunen zu zeigen.

Nathan Hirsch hieß ganz allgemein »der weise Nathan«, auch bei den Litauern. Warum, das wußte niemand zu sagen, und es kümmerte sich auch niemand darum. Die Herren vom Gericht hatten den alten Mann so genannt, weil er ein Jude war und Nathan hieß und also an »Nathan der Weise« erinnerte. Diese Bezeichnung blieb natürlich über diesen engsten Kreis der Studierenden hinaus dunkel. Weise war übrigens ungefähr so viel als klug, und klug war Nathan Hirsch gewiß; es hatte noch keinem gelingen wollen, ihn übers Ohr zu hauen. Es fehlte ihm aber auch nicht an der Ruhe und Bedächtigkeit, die einem bejahrten Manne ein würdiges Ansehen geben, und er galt für einen »durchaus anständigen Geschäftsmann«, ein Begriff, der freilich wieder nur für jene engeren Kreise eine bewußte Bedeutung hatte. Die kleinen Leute sagten allenfalls zu seinem Lobe: er betrügt keinen, wenigstens so lange, als er nachsichtig mit ihnen verfuhr. Das tat er denn auch meist zu seinem eigenen Vorteil. Er war der ländliche Bankier, hatte allerhand Agenturen und gab sich auch mit Vermittlungsgeschäften beim Besitzwechsel von Grundstücken ab. Auf dem Amtsgericht sah man ihn nicht ungern; seine Eingaben hatten immer Hand und Fuß, und auch in verwickelte Angelegenheiten wußte er Klarheit zu bringen. Er war immer bescheiden und nahm's auch nicht übel, wenn man sich einmal einen Spaß mit ihm erlaubte und seinen Jargon nachäffte. Sein Familienleben galt für musterhaft, und daß er sich als ein rechtgläubiger Jude zeigte, rechnete ihm selbst der Pfarrer zur Ehre an.

Er wohnte in Szibullen in seinem eigenen Hause. Es war ein richtiges Bauernhaus von Holz mit hohem Strohdach und blauen Laden, niedrigen Stuben, kleinen Fenstern und Balkendecken, die Türen waren nicht einmal viel besser verwahrt, als die der Nachbarn, nur daß sich innen eine Eisenstange vorlegen ließ. Zu dem Hause gehörten auch einige Hufen Land. Sein Sohn, der Jakob Hirsch, bewirtschaftete sie. Jakob war verheiratet und hatte Kinder. Zur häuslichen Gemeinschaft gehörte aber auch noch ein zweiter lediger Sohn, der Moses Hirsch, der dem Vater im kaufmännischen Geschäft half, und eine verheiratete Tochter namens Esther, deren Mann, Moritz Levy, viel auf Reisen war, mit ihren Kindern. Die große Familie schränkte sich auf vier Stübchen und einige Kammern ein. Die Ökonomie war gemeinschaftlich, die Töchter halfen der alten Frau Rebekka Hirsch in der Küche. Nathan herrschte wie ein Patriarch im Kreise ehrfürchtiger Kinder und Enkel.

Lauronat fuhr mit lustigem Peitschenknallen an dem »Judenhause« vor, sprang vom Wagen herunter, strängte die Pferde auf der einen Seite ab und band die Leine kurz an den Stollen. Die »schöne« Esther fegte den kleinen Flur. Er fragte sie nach Nathan Hirsch und wurde in die Stube gewiesen. Dort saß der alte Mann in einem langen Schlafrock auf dem Lehnstuhl am Fenster. Er trug ein schwarzes Samtkäppchen, weit aus der Stirn zurückgeschoben über dem schneeweißen Haar. Nicht weit von ihm stand Moses an einem Pult und schrieb in einem großen Buch. Er hatte einen Schreibärmel von grauer Leinwand übergezogen. Andere Bücher hatten ihren Platz in einem kleinen Regal an der Wand. Das auffallendste Möbel war ein großer eiserner Geldschrank neben dem Himmelbett, vor dem Rebekka, eine schon etwas gekrümmte Matrone mit schwarzem Scheitel von falschem Haar, am Tisch bei einer Näharbeit beschäftigt war. Der Geldschrank stand offen; das Riegelwerk an der inneren Tür zog sogleich den Blick des Litauers auf sich, so daß er zu grüßen vergaß. Er war hier zum erstenmal.

»Was ist dein Begehr, mein Sohn?« fragte Nathan ihn in seiner Sprache.

Nun wandte sich Lauronat zu ihm. »Ich brauche Geld,« antwortete er dreist, »und komme, mich bei dir zu erkundigen, ob du es mir geben willst – natürlich nicht umsonst.«

»Hm, hm, hm –«, knurrte der Alte, ihn scharf ins Auge fassend. »Du bist der Wirt Pawils Lauronat aus Gilguhnen, wenn ich nicht irre. – Irre ich, Moses?« Er blickte um die Lehne nach seinem Sohn.

Dieser unterbrach seine Arbeit und kehrte sich halb zurück. »Es ist der Wirt Pawils Lauronat aus Gilguhnen, Vater.«

»Ja, der bin ich«, bestätigte der Litauer.

»Ich habe dich auf dem Gericht gesehen – zwei-, dreimal«, fuhr Nathan Hirsch fort, indem er mit dem Kopfe nickte. »Du hattest einen Prozeß mit dem Erdenings, deinem Altsitzer, dem ich einmal die erste Hypothek besorgt habe. Er hat mir gesagt, daß du sein Schwiegersohn bist und hat bitter geklagt über dich, daß du ihm mit Undank lohnst. Ja, ja, das ist mir wohl erinnerlich. Aber meine Augen werden schon schwach – ich konnte doch irren in der Person.«

»Was ich mit dem Erdenings habe, ist meine Sache«, entgegnete Lauronat. »Wenn er über mich klagt, über ihn hätt' ich noch viel mehr zu klagen.«

»Ein schönes Grundstück damals, ein sehr schönes Grundstück. Ich hab's selber in Augenschein genommen für den Tilsiter Herrn. Fast hundert Morgen, nicht wahr?«

»Sechsundneunzig Morgen und die Wiesen. Dazu die Fischerei für den Hausbedarf und die Holzablage.«

»Ja, ja, ein schönes Grundstück und mäßig verschuldet bis auf das Ausgedinge. Und jetzt bist du in Not und brauchst Geld?«

»Ich bin nicht in Not,« entgegnete Lauronat mürrisch, »aber ich brauche Geld, um ein Pferd zu kaufen. Noch diesen Vormittag muß ich's haben.«

»Mußt du's haben – um ein Pferd zu kaufen – noch diesen Vormittag ... ja, ja, ja. Hab' ich recht gehört, daß du ein großer Nimrod bist?«

»Das versteh' ich nicht.«

»Ein großer Jäger, mein' ich – und daß sie dich auch gefaßt haben in der königlichen Forst?«

Der Litauer lächelte, eher geschmeichelt als beleidigt. »Das ist wohl einmal geschehen,« sagte er. »Ich habe die Jagd in Gilguhnen gepachtet, und wenn du als Margritsch einen Hasen in die Küche haben willst ...«

Der Alte wehrte mit der Hand ab. »Wieviel Geld brauchst du denn, Pawils?« fragte er, sich vorbeugend und die Arme auf die Seitenlehnen des Stuhles stützend.

»Nun – tausend Mark.«

»Tausend –!« rief Nathan Hirsch und erhob sich ein wenig. »Gott gerechter – wie leicht dir das vom Munde geht!«

»Die Stute kostet so viel – kostet beinah' so viel«, berichtigte er sich, da der alte Jude ihn mit seinen schwarzen Augen so eindringlich ansah.

»Ist das Pferd eine Stute – und kostet beinah' so viel? Hm, hm! Tausend Mark. Und was davon übrigbleibt –«

»Das brauch' ich, um Kleinigkeiten zu bezahlen, die hängengeblieben sind. Aber was geht es dich an, wozu ich das Geld brauche?«

»Kleinigkeiten – nu ja – Schulden mit Schulden bezahlen – äh! es gefällt mir nicht. Und warum kaufen ein teures Pferd, wenn man das Geld muß borgen?«

»Es bringt sich wieder ein – das ist meine Sache.«

»Kann sein, kann auch nicht sein. Und wenn sich 's nicht einbringt – «

Der Litauer stieß ärgerlich den Peitschenstock auf die Diele. »Was geht es dich an. Sprichst du mit einem Kinde?«

»Ja, was geht es mich an? Weil ich dir rate zur Vorsicht, erzürnst du dich gegen mich. Tausend Mark sind viel Geld. Sie nehmen sich leicht in die Hand und geben sich leicht aus der Hand, aber bis sie wieder zurückkommen in die Hand ... Gut, gut! Du willst nicht hören. Wie denkst du mir denn zu verschreiben die tausend Mark?«

»Pah! Ich bin dir doch sicher.«

»Mit dem Grundstück! Soll's eingetragen werden?«

»Das dauert mir zu lange. Ich muß das Geld heut' haben.«

»Ja, ich vergaß. Heut'! Auf der Stelle! Also gegen Wechsel.«

»Wie du willst.«

»Nicht wie ich will. Ich will nicht. Aber ich muß doch etwas in Händen haben. Weißt du, was ein Wechsel ist, mein guter Pawils?«

»Gewiß weiß ich das.« Lauronat lachte dazu. Er hatte Gelegenheit gehabt, sich solche Papiere anzusehen.

»Auf drei Monate.«

»Meinetwegen. Mach's nur schnell.«

»Du sagst: meinetwegen! so leichthin ... Aber die Frist ist kurz, und wenn sie abgelaufen ist, sag' ich: wo ist mein Geld? und laß mich nicht vertrösten, sondern greife zu. Denn das ist ein Geschäft, und ich will's nicht machen mit Verlust. Bist du sicher, daß du mir gerecht werden kannst, ohne dir selbst zu schaden?«

Lauronat wies auf die Straße hinaus. »Die beiden Braunen allein sind das reichlich wert.«

»Ich glaub's wohl. Und das Grundstück ... ja, ja! so viel Sicherheit ist vorhanden.« Nathan Hirsch guckte wieder um die Stuhllehne nach seinem Sohne. »Können wir machen das Geschäft, Moses?«

Der Buchhalter wiegte den Kopf hin und her. »Wir können's machen, Vater.«

»So schreib' den Wechsel, litauisch und deutsch – tausend Mark nach drei Monaten. Die Zinsen zieh' ich ab im voraus – das ist die Usance bei dem reellsten Geschäft. Sechs Prozent, nicht mehr als üblich. Ich mache kein Geschäft aus Barmherzigkeit, aber ich bin auch kein Wucherer. Und nochmals rat' ich ernstlich ab – meine Frau und mein Sohn sind Zeugen. Glaub' meiner Erfahrung! Es ist nicht gut, Geld zu borgen auf Wechsel. Hinterher kommt oft Heulen und Zähneklappern, und dann heißt's: der Gläubiger ist hart und ein Kehlabschneider, wenn er doch nur zurückhaben will das Seinige. Laß dir nicht die Augen verblenden durch das schöne Pferd – morgen wirst du's vergessen haben – und kaufe erst, wenn du gespart hast. Dann wirst du mit Ruhe –«

Lauronat wurde ungeduldig. »Was machst du für Gerede!« unterbrach er. »Spar' dir deinen guten Rat für einen, der ihn brauchen kann. Willst du mir das Geld geben oder nicht?«

»Such's heraus, Moses«, sagte der Alte. »Er will nicht hören. Lies vor die Schrift und gib sie ihm in die Hand, zu lesen, damit er sich nicht übereilt.«

Es geschah, Lauronat unterschrieb seinen Namen mit ganz fester Hand und strich dann das Geld ebenso ruhig ein, nachdem es ihm Nathan Hirsch wohl dreimal vorgezählt hatte. Er bewegte nickend den Kopf ein wenig und ging zur Tür hinaus, ohne auch nur Adieu zu sagen.

»Vergiß nicht, heut' über drei Monate –« hörte er sich nachrufen. An der Schwelle des Hauses spie er aus. Er dachte sich kaum etwas dabei: es verstand sich ganz von selbst, daß er hinter dem Juden ausspie.

Im Galopp jagte er nach Kaukehmen zurück. Die Pferdehändler wollten eben aufbrechen. Man wurde nun bald handelseinig und trank dann noch mehr als eine Flasche auf das gute Geschäft, das jeder den anderen gemacht zu haben versicherte. Darauf fuhren die Juden sehr lustig ab. Sie wollten zum großen Markt nach Königsberg.

Lauronat kam aus dem Kruge nicht fort, bevor er sich mit dem Krüger nicht verrechnet hatte. Er erschrak, als er hörte, wie hoch seine Schuld schon aufgelaufen sei. Sie ganz zu tilgen, war ihm nicht möglich; fünfzig Mark wenigstens mußte er in der Tasche behalten.

»Bringe nur bald wieder etwas,« sagte der Wirt, »du kommst zu selten.«

Lauronat hielt's für geraten, seine Stute gleich nach Trakehnen zu bringen. Er legte ihr kleine Strohkränze um die zierlichen Fesseln, flocht Schweif und Mähne ein und band sie dicht an den Wagen. Dann fuhr er auf der Chaussee in der Richtung nach Tilsit fort.

Er hatte am nächsten Abend Insterburg noch nicht erreicht, als er bemerkte, daß das Pferd auf dem rechten Vorderfuß lahmte. Er untersuchte das Gelenk und den Huf, fand aber die Ursache nicht heraus. Er meinte, das Tier werde sich einen Stein eingetreten haben, der dann von selbst wieder abgefallen sei, kühlte aber vorsichtig am nächsten Brunnen den Fuß und setzte die Reise langsamer fort. Das Lahmen jedoch nahm zu, und das Fesselgelenk wurde dick. In der Stadt wartete er den nächsten Morgen ab. Das Pferd hatte schlecht gefressen. Nun blieb Lauronat doch nichts übrig, als den Tierarzt zu befragen.

Der untersuchte den kranken Fuß genau, verordnete Umschläge und meinte, er müsse jedenfalls einige Tage Ruhe haben. »Übrigens –«, sagte er, mit Kennerblick die Stute betrachtend, »den Fuß da hab' ich schon einmal vor sechs Wochen in Behandlung gehabt.«

Lauronat horchte mit ängstlicher Spannung. »Vor sechs Wochen – in Behandlung –?«

»Ja. Das Pferd gehörte damals einem Besitzer Neuendorf aus Jodolischken. Hast du es von ihm gekauft?«

»Nein, von den Juden. Sie haben mich betrogen!« Er nannte die Händler.

»Das Pferd wird durch verschiedene Hände gegangen sein, bis es zu ihnen gekommen ist«, meinte der Tierarzt. »Du kannst nicht behaupten, ,daß sie von der Krankheit gewußt haben. Sie gelten sonst als ehrlich. Was hast du gegeben?«

»Achthundertundfünfzig Mark.«

»Der Preis ist allerdings verdächtig, gering, wenn das Pferd fehlerfrei wäre ... Hoffentlich wird die Geschwulst bald wieder weichen und später auf der Weide nicht zurückkehren. Aber ein paar Tage muß das Tier unbedingt stehen und dann in ganz kleinen Tagemärschen transportiert werden. Es besticht sehr, ist aber ein ängstlicher Besitz.« Lauronat fügte sich unwillig. Der Aufenthalt war ihm verdrießlich schon der Kosten wegen; die Freude über den guten Kauf war ihm ganz vergangen. Das Pferd stand eine volle Woche. Nun riß ihm die Geduld. Trotz dringenden Abratens des Arztes band er es wieder an seinen Wagen und fuhr weiter. Aber schon nach einer halben Meile mußte er umkehren. »Da ist der Teufel im Spiele gewesen«, rief er. Die Behandlung begann von neuem. Der Arzt nahm den Fall nicht mehr leicht. »Du hast die Sache sehr verschlimmert«, sagte er. »Wenn du meinen Rat nicht befolgen willst, kann ich dir nicht helfen.«

So ging's doch aber auch nicht gut weiter. Lauronat fuhr mit der Bahn nach Königsberg, die beiden Händler aufzusuchen. Er ermittelte wirklich Pinkus, der auf dem Herzogsacker einen Fuchshengst zuritt. »Das Pferd ist krank,« schrie er ihn an, »du mußt es zurücknehmen. Es lahmt auf dem rechten Vorderfuß. Der Fehler ist alt.«

»Das tut mir leid«, entgegnete der Händler achselzuckend. »Ich habe nichts davon gewußt. Löwenberg hat die Stute gebracht.«

»Wo ist er?«

»Was weiß ich? Er reist in der Provinz herum.«

»Das ist eine nichtswürdige Betrügerei! Ich will mein Geld zurück.«

»Mich geht die Sache nichts an«, versicherte Pinkus. »Und nun laß mich ungeschoren. Der Fuchs wird unruhig, wie du siehst.« Er ritt davon.

Der Litauer ermittelte Löwenbergs Wohnung, in einer Seitengasse der Vorstadt. Die Frau bestätigte, daß ihr Mann auf der Reise sei. Sie wollte ihm schreiben, daß er den Rückweg über Insterburg nehmen und sich dort das kranke Tier ansehen sollte. Lauronat blieb nichts übrig, als dorthin zurückzufahren, nachdem er einem Anwalt den Fall vorgetragen, und Prozeßvollmacht erteilt hatte.

Löwenberg meldete sich wirklich in Insterburg. Er wollte von einem Besitzer Neuendorf gar nichts wissen, die Stute von einem ganz anderen zum Verkauf in Kommission erhalten haben. An den möge Lauronat sich wenden.

»Mit dir allein hab' ich's zu tun«, sagte der Litauer. »Nimm das Pferd und gib mir mein Geld.«

»Das ist zum, Lachen«, antwortete der Händler. »Du hast das Pferd besehen und keinen Fehler entdeckt. Ich bin nicht klüger als du.«

»Aber das Tier ist krank.«

»Du wirst es auf dem Transport schlecht behandelt haben.«

»Das sollst du mir beweisen!«

»Du hast das Gegenteil zu beweisen. Die Stute war in Kaukehmen ganz gesund, dafür hab' ich meine Zeugen.«

»Die ist vorher schon krank gewesen.«

»Davon weiß ich nichts, und ich höre auch, daß du das kranke Tier unvernünftig angestrengt hast.«

»Nein, ich bin im Schritt gefahren. Gib mir mein Geld.«

»Nicht einen Pfennig. Klage doch! Verständiger ist, wir machen einen neuen Handel. Wenn du mir aber die Braunen verkaufen willst, zahle ich einen guten Preis.« Dabei blieb Löwenberg.

Lauronat schrieb dem Anwalt, er solle schleunigst die Klage gegen beide Händler einreichen. Er wisse jetzt, daß sie Spitzbuben seien.

Er konnte sich in Insterburg, zumal mit dem Fuhrwerke, nicht länger aufhalten. Seine Barschaft war bei aller Sparsamkeit schon beinahe verzehrt. Er ließ die kranke Stute dem Gastwirt in Pflege und zugleich in Pfand, gab dem Arzt einen Schuldschein und machte sich in verdrießlichster Stimmung auf den Heimweg.

In Gilguhnen fand er Busze schon sehr besorgt wegen seines langen Ausbleibens. Er gab ihr nur unzureichende Auskunft – so von oben her, als hätte er's überhaupt nicht nötig. Er war ja der Herr und konnte tun, was ihm beliebte! Mit Erdenings, der eine spitze Bemerkung nicht zurückhielt, geriet er gleich am ersten Tage in Streit. »Wenn du mir nicht gibst, was du mir schuldig bist,« schrie der Alte, »so laß ich dir das Grundstück subhastieren. Ich habe mich erkundigt, das kann ich.« Pawils riß das Gewehr von dem Wandnagel. »Wenn du das tust –!« Busze trat dazwischen und hielt seinen Arm. »Um Gottes willen! Was hast du für Gedanken, Pawils? Mein Vater!«,

»Er macht mich toll«, sagte Lauronat, das Gewehr wieder forthängend.

Urte lag, in der Kammer zu Bett und hustete unaufhörlich. »Und nicht einmal – das Fuhrwerk läßt er hier,« keuchte sie, »daß man zum Doktor – schicken kann. Mit dem Fuhrwerk – treibt er sich – wochenlang herum. Das nimmt ein schlechtes – Ende, ein schlechtes ...«

»Schweig', alte Nachteule«, rief Pawils, stieß Erdenings in die Kammer und schlug die Türe hinter ihm zu.

Busze erfuhr nach und nach von dem Pferdeverkauf und daß er von den Juden betrogen sei. Zwischenein schimpfte er immer auf sie und drohte, daß er es ihnen schon besorgen werde. Von wem er das Geld geliehen, erzählte er nicht. Sie wagte auch gar nicht zu fragen, wo er's her hätte.

An Nathan Hirsch schickte er einen sehr sonderbaren Brief. »Die Stute ist lahm«, schrieb er, »und steht in Insterburg. Ich will sie nicht. Die Juden haben mich betrogen. Dein Geld muß Löwenberg dir abgeben, mich kümmert es nicht. Wenn du willst, kannst du auch das Pferd nehmen, aber der Gastwirt und der Arzt sind noch zu bezahlen. Sieh zu, wie du mit ihnen fertig wirst.«

Er erhielt nach einigen Tagen eine schriftliche Antwort, zu der er den Kopf schüttelte. Er schien sie gar nicht zu verstehen. »Es wird sich ja finden!« brummte er in den Bart.

Eine Weile arbeitete Lauronat nun ganz fleißig in der Wirtschaft, das Versäumte nachzuholen. Es zeigte sich wieder, wie leicht ihm alles von der Hand ging, wenn er nur wollte. Die Wiese mähte er in der halben Zeit, wie der Nachbar Liebert die seine, und die Kartoffeln auf dem Grenzacker behäufelte er besonders sorgfältig, um ihm zu beweisen, daß er's auch verstehe. Bei der Roggenernte war er mit den Frühesten auf und mit den Fleißigsten abends noch auf dem Felde. Dabei kamen auch die Braunen und die beiden Füllen, die er aufzog, nicht zu kurz. Busze freute sich ihres tüchtigen Mannes, den alle rühmten, und auch die Altsitzer waren jetzt mit ihm zufrieden. »Wenn's so fortgeht,« meinte Erdenings, »kann er sich noch auf den grünen Zweig bringen.«

Dann aber kam wieder Ärger über Arger. Der Advokat in Königsberg und das Gericht forderten Vorschuß. Die beklagten Pferdehändler machten Einwendungen, auf die er antworten sollte. Er begriff gar nicht, wie das von Wichtigkeit sein könnte. Ein Winkelschreiber, an den er sich gewandt hatte, schien die Sache noch mehr zu verwirren. Dazu meldete der Gastwirt aus Insterburg, die Stute werde wahrscheinlich lahm bleiben; sie sei jetzt schon nicht mehr so viel wert, als seine Forderung für Stall, Futter und Wartung betrage. Wenn Lauronat sie nicht abhole und ihn befriedige, müsse er sie vom Gericht öffentlich ausbieten lassen. »Das ist alles der Juden Schaden,« schrieb Lauronat ihm, »tu', was du willst.« Die Stute wurde wirklich verkauft. Der Gastwirt kam nicht einmal zu seinem Gelde und klagte wegen des Restes. Auch der Tierarzt klagte. Zu Johanni waren die Hypothekenzinsen unberichtigt geblieben; nun wurde auch dieser Gläubiger schwierig. Der Exekutor kam wiederholt nach Gilguhnen und pfändete. Heu und Roggen wurden fortgenommen; eins von den Füllen kam unter den Hammer, und der Verdruß darüber steigerte sich noch, als Liebert es kaufte, der verhaßte deutsche Nachbar. »Der Teufel ist los,« rief Lauronat, »er läßt zu, daß man mir Gewalt antut. Aber die Abrechnung wird schon kommen.«

Nun verlor er rasch wieder die Lust zur Arbeit. »Für wen strapaziere ich mich?« Busze bat ihn flehentlich, den Mut nicht sinken zu lassen, an seine Kinder zu denken. Er nahm abends wieder das Gewehr und ging auf die Jagd. Oft blieb er die halbe Nacht aus, mitunter kehrte er erst am Morgen zurück. »Brauchst du den Kahn nicht mehr?« fragte die Frau. Eigentlich wollte sie wissen, weshalb er sie nicht aufforderte, ihn zu begleiten. Er verstand sie auch so. »Ich habe einen anderen, der mir hilft«, antwortete er. »Es ist auch für alle Fälle gut, daß einer sagen kann, ich sei zu Hause gewesen.« Sie schwieg dazu. Was er von ihr verlangte, wußte sie.

Er war nicht der einzige, der im Moor und in der Forst wilderte. Auf seinen Streifzügen hatte er einen waghalsigen Burschen kennen gelernt, der ihm gefiel. Jakubs Kalbis hatte von einem Wirt in Iblauken ein Stück Bruchland und Weide gepachtet, darauf auch eine Hütte und einen kleinen Stall von Torf und alten Brettern gebaut, mit Stroh und Moos über einem leicht zusammengefügten Sparrenwerk von Kiefernzweigen gedeckt. Er hauste darin mit seiner Schwester, der Lenke Kalbis, die schon im Gefängnis gesessen hatte. Auch er selbst stand nicht in gutem Ruf, obgleich man ihm nichts Bestimmtes nachsagen konnte. Der Kartoffelacker, der Krautacker am Häuschen, die magere Weide für eine kleine Kuh, der Eiersegen von einigen Hühnern und der Schweinestall ernährten sie nicht; sie mußten bei den Wirten und, wenn diese nichts zu tun hatten, weiter ins Land auf Arbeit gehen. Im Winter ließ Kalbis sich beim Holzschlagen in der Forst beschäftigen und half dann auch beim Abrücken. Lauronat traf ihn einmal nachts mit einem Gewehr am Waldrande. Kalbis hielt ihn für den Förster und legte auf ihn an, da er meinte, nicht mehr entfliehen zu können. Das Mißverständnis klärte sich noch rechtzeitig auf. Seitdem begegneten sie einander öfters auf Verabredung und pirschten gemeinsam oder hielten füreinander Wache. Kalbis besaß einen schmalen und flachen Kahn, den er sich selbst gezimmert und versteckt hielt; auf den Gräben im Moore war er sehr brauchbar. Er pflegte die Jagdbeute damit abzuholen, und Lauronat überließ ihm nun auch die seine, da er am Fluß einen stets bereiten, heimlichen Abnehmer hatte. Der Gewinn wurde geteilt. Sich mit dem Büdner öffentlich zu zeigen, hätte der Wirt für eine Schande gehalten; nachts waren sie zwei Wilderer, die auf völlig gleichem Fuße verkehrten. Es kam auch vor, daß Lauronat in die Hütte eintrat und sich von Lenke einen Schnaps anbieten ließ. Sie kam dann aus einem Bretterverschlage zum Vorschein, wo ihr Bett stand. Aus dem Schlafe gestört zu werden, schien ihr gar nicht verdrießlich zu sein. Sie lachte viel und plauderte gern, wenn der vornehme Wirt dazu aufgelegt war. Sie hatte hübsche muntere Augen und perlweiße Zähne, mit denen selbst eine Litauerin Staat machen konnte. Die Figur war aber unansehnlich, und sie scherzte wohl auch selbst darüber, daß sie zu dem baumlangen Gast in die Höhe sehen müsse.

Indessen hatte der September heftigen Weststurm und Regen gebracht. Alle Zuflüsse zum Haff stauten hoch auf, die Gräben im Moor und in der Forst standen bis zum Rande voll Wasser. Die

Pfade wurden ungangbar. Lauronat mußte sich in diesen Tagen zu Hause halten. Eines Vormittags kam Nathan Hirsch auf einem Wägelchen, das sein Schwiegersohn Moritz Levy kutschierte, nach Gilguhnen gefahren und stieg bei ihm ab.

»Ich muß zu dir kommen«, sagte er, »da du meinen Brief unbeachtet gelassen hast. Du hast ihn doch bekommen?«

»Ja«, antwortete der Litauer mürrisch, »der Postbote hat ihn gebracht. Ich dachte, es hätte nicht solche Eile. Wozu sollt' ich dich auch besuchen?« Er hatte den Brief in die Tasche gesteckt, als ginge er ihn gar nichts weiter an.

»Die Frist ist abgelaufen,« bemerkte Nathan, »da hat ein Wechsel doch wohl Eile. Er ist ausgeschrieben in meinem Hause, deshalb durft' ich Zahlung erwarten in meinem Hause. Kommst du aber nicht zu mir, muß ich kommen zu dir und das Papier präsentieren, damit du weißt, daß es noch in meiner Hand ist.« Er zog seine Brieftasche vor und nahm das Blättchen heraus. »Ist das dein Wechsel über tausend Mark, zahlbar nach drei Monaten? Sieh ihn dir an.«

Lauronat blickte ohne besondere Aufmerksamkeit darüber hin und schielte nach Busze, die am Webstuhle saß und jetzt das Schiffchen ruhen ließ. Ihre Anwesenheit war ihm augenscheinlich sehr unlieb, aber sie fortzuschicken, fand sich doch kein Grund. Sie hatte schon ein recht erstauntes Gesicht gezeigt, als der alte Jude mit dem langen weißen Bart eintrat; seine Reden mußten ihn ihr noch verdächtiger machen.

»Ich habe dir doch gleich geschrieben«, sagte Pawils.

Nathan Hirsch setzte sich auf einen Stuhl am großen Tisch und ließ den Wechsel vor sich liegen. »Erlaube, daß ich nehme Platz, bis du das Geld aufgezählt hast,« äußerte er sich, »das Alter steckt mir in den Beinen, sie wollen nicht mehr taugen zum Gehen und Stehen. Bin ich dir kein lieber Gast, so fertige mich rasch ab.«

»Ich habe dir doch gleich geschrieben«, wiederholte der Litauer.

»Was hast du mir geschrieben? Daß das schöne Pferd ist lahm und steht krank in Insterburg, und daß die Händler dich haben betrogen. Ich kann nicht prüfen, ob das wahr ist, aber es hat mir aufrichtig leid getan, dein Malheur. Bei der Sache helfen konnt' ich doch nichts.«

»Die Stute ist mit deinem Gelde gekauft – Löwenberg hat dein Geld erhalten und muß es zurückgeben«, meinte Lauronat kühl. »Ich habe dir geschrieben: nimm die Stute und fordere dein Geld. Du hast aber die Stute nicht genommen, als es Zeit war, und nun hat sie sich selbst aufgezehrt. Das ist deine Schuld.«

»Gott gerechter!« rief Nathan Hirsch. »Was soll sein meine Schuld? Ich hab' dir geliehen tausend Mark auf Wechsel, und die drei Monate sind reichlich um. Ich habe dich gewarnt, zu kaufen ein Pferd mit geborgtem Gelde, aber du hast wollen klüger sein. Bist du nun zu Schaden gekommen, halte dich an den, der dich geschädigt hat. Ich will mein Geld.«

»Und ich mein Pferd.«

»Ist das ein unsinniges Gerede! Ich sage dir, mein Wechsel ist mein Wechsel, und dein Pferd ist dein Pferd. Es fehlt ja jeder Zusammenhang. Was kümmert mich dein Pferd?«

»Ja, wenn du das Geld haben willst –«

»Natürlich will ich das Geld.«

»So warte ab, bis Löwenberg es zurückzahlt. Behalten werd' ich's nicht.«

»Du magst es behalten, wenn du mich befriedigt hast. Ein Kind muß doch einsehen –«

»Ein Kind muß doch einsehen, daß ich nicht das Pferd verlieren kann, und überdies noch Geld zahlen soll!«

Nathan Hirsch ließ es nicht an Zeichen der Ungeduld fehlen. »Man könnte ärgerlich werden,« sagte er, »wenn man dich so mit ganz ernstem Gesicht Unsinn reden hört. Aber ich will nicht ärgerlich werden, weil du Unglück gehabt hast, und weil ich doch bin in meinem guten Recht. Da liegt der Wechsel. Willst du ihn einlösen oder nicht?«

Der Litauer ging an den Wandschrank, öffnete ihn und nahm die Branntweinflasche heraus. Er stellte vor den Gast ein Gläschen hin und füllte es bis zum Rande. »Trink«, sagte er, »und sprich nicht weiter davon.«

Hirsch schob das Glas zurück. »Ich will trinken, wenn das Geld auf dem Tische liegt.«

»Ich habe kein Geld.«

»Dacht' ich's doch. So gib mir dein Fuhrwerk in Pfand, und ich will dir eine kurze Frist bewilligen.«

»Daß ich ein Narr wäre!« rief Lauronat. Er hatte auch für sich einen Schnaps eingegossen und warf ihn über die Zähne.

Der Jude stand auf. »Ich hätte dir die Gerichtskosten gern erspart,« bemerkte er, »aber du bist eigensinnig.« Er verwahrte den Wechsel wieder in der Brieftasche. »Was bleibt mir anders übrig, als gegen den böswilligen Schuldner zu klagen, und ihn zwingen zu lassen zu seiner Pflicht? Sage hinterher nicht, daß ich hart mit dir verfahren bin.«

»Die Gerichtsherren werden ja doch einem Juden nicht mehr glauben, als einem Litauer,« antwortete Lauronat sehr ruhig über die Schulter hin.

Nathan Hirsch machte eine Gebärde, die ausdrücken sollte: ich glaube gar nicht, daß du so vernagelt bist, als du dich stellst. An der Tür wandte er sich noch einmal zurück und sagte zu Busze: »Dein Mann handelt töricht. Er hat Verlust gehabt durch den Pferdekauf – das ist ein Unglück, das er tragen muß. Warum will er ihn vergrößern durch die Gerichtskosten? Ich will warten bis heute abend. Sprich mit ihm verständig.« Er fuhr ab. Busze sah's vom Fenster aus. Sie hatte bis dahin kein Wort gesprochen und nicht einmal zu den beiden Männern hinübergeblickt. Jetzt erhob sie sich, lehnte den Arm an den Pfosten des Webstuhls und senkte die Stirn darauf. Pawils hörte schluchzende Laute.

»Was gibt's denn?« fragte er unwirsch.

»Du hast dich in des Juden Hand gegeben,« antwortete sie, »nun kommt alles heraus. Wie willst du die tausend Mark zahlen? Er richtet uns zugrunde.«

»Aber du hörst ja –«

»Du hast doch das Geld von ihm geliehen.«

»Ja, aber ich hab' ihm gesagt, daß ich die Stute kaufen wollte, und dazu hat er mir's gegeben. Wo ist nun die Stute? Dafür kann ich doch nicht, daß sie einen Fehler gehabt hat, den kein Mensch entdecken konnte! Es sind ja auch noch andere Leute bei der Besichtigung zugegen gewesen; ich kann zehn Zeugen stellen. Was will der Jude jetzt von mir? Er muß warten, bis ich zu meinem Rechte gekommen bin.«

Sie gab darauf keine Antwort, hörte aber auch nicht auf zu weinen. Ärgerlich ging er hinaus und schlug die Tür hinter sich zu.

Nach wenigen Tagen schon kam die Klage mit einem kurzen Termin. Lauronat verweigerte seine Unterschrift. »Das kann dir doch nichts helfen«, meinte der Postbote.

»Ich gehe selbst aufs Gericht,« sagte Lauronat, »man braucht's ja den Herren nur klar vorzustellen.«

»Es ist mit einem Wechsel so eine besondere Sache«, entgegnete der Beamte. »Da fragen sie nur, ob du ihn geschrieben hast.«

Er lachte. »Wir werden ja sehen.«

Der Termin war auf einen Freitag anberaumt. Am Donnerstag gegen Abend kam die Lenke Kalbis auf den Hof und fragte nach dem Wirt. Sie hatte den Weg über die schmutzige Landstraße zu Fuß gemacht, was ihren Schnürstiefeln anzumerken war. Übrigens hatte sie ihre besten Röcke angezogen, wohl fünf oder sechs übereinander, und den obersten von hinten her über den Kopf genommen, ihn selbst und die stramm über der Brust zugehakte Tuchjacke gegen den Regen zu schützen, den der Wind unter den Schirm getrieben haben mochte. Unter diesem Dache blitzten die munteren Augen und bewegte sich das Stumpfnäschen unaufhörlich. Die Magd wies sie an die Frau. Busze musterte die keck eintretende Person. Zu den ihr bekannten Wirtsfrauen und Wirtstöchtern der Nachbarschaft gehörte sie nicht. »Was willst du?« fragte sie.

»Ich muß den Wirt Pawils Lauronatis sprechen«, antwortete das Mädchen, sich neugierig in der Stube umschauend. »Kannst du mir sagen, wo ich ihn finde?«

»Er hat in der Wirtschaft zu tun«, sagte Busze. »Ist etwas an ihn zu bestellen?«

»Nein – ich muß es ihm selbst sagen«, erwiderte Lenke und zeigte dabei lachend die weißen Zähne.

»Es wird doch wohl nichts sein, was ich nicht auch hören kann«, meinte die Frau.

»Wenn Pawils es dir sagt, wirst du's ja wissen«, wich die Kleine aus.

Busze betrachtete sie mit mißtrauischen Blicken. »Ich hoffe, daß du mit meinem Manne keine Geheimnisse hast.«

»Ach –!« Sie senkte die spitzbübischen Augen und schmunzelte.

»Wenn du mich nicht kennst, ist's besser für dich, ich sage es dir nicht. Das ist für alle Fälle besser. Warum brauchst du zu wissen, mit wem dein Mann heimlich gesprochen hat?«

»Mein Mann hat mit niemand heimlich zu sprechen.«

»Du kannst ja abwarten, ob er mich abweist. Es ist auch nichts, was dich angeht.«

Busze bedachte sich eine Weile. »Pawils ist im Stalle bei den Pferden«, sagte sie dann. »Setze dich, bis er in die Stube kommt.«

»Ich will lieber zu ihm gehen,« antwortete der sonderbare Gast, »es dauert mir sonst vielleicht zu lange. Ich habe einen weiten Rückweg, und es wird früh dunkel.«

Sie wartete die Erlaubnis nicht ab, sondern kehrte gleich um und trippelte über den Flur nach der Stalltür.

»Wer ist das?« fragte Busze die Magd, die am Herde beschäftigt war.

»Die Lenke Kalbis aus Iblauken,« gab sie Auskunft. »Sie wohnt bei ihrem Bruder dicht am Moor und geht manchmal auf Arbeit. Hier hab' ich sie sonst noch nicht gesehen. Ihr Bräutigam war der Anus Kulies aus Karkeln, der als Matrose gefahren und mit dem Schiff untergegangen ist. Ein paar Monate, nachdem er das letztemal in Karkeln bei ihr war, hat sie ins Gefängnis müssen.«

»Weshalb?«

»Ach – weil ihr Kind so schnell gestorben war.«

Dieser Grund reichte Busze völlig aus. Sie fragte nicht weiter. Aber sie horchte nun doch im Vorbeigehen an der Stalltür, ob sie von dem Gespräch etwas erlauschen könne. Es wurde ganz leise geführt.

Lenke hatte Lauronat gesagt, daß ihr Bruder sie schicke. Er sei mit dem Boote in der Forst gewesen, um Holz zu holen, und habe bemerkt, daß ein Rudel Hochwild auf einem Heideplane vom Wasser abgesperrt sei. Das dumme Vieh stecke dort die Köpfe zusammen und wage sich nicht durch den Sumpf. Mit dem flachen Kahne könne man ihm aber ankommen. »Jakobus meint, du hast einen Elch schießen wollen«, zischelte sie. »Das ist jetzt leicht getan. Aber es ist keine Zeit zu verlieren. Läßt der Wind nach, so tritt das Wasser zurück – und es kann auch sein, daß die Förster aufmerksam werden und an einer schmalen Stelle Zweige hineinwerfen, damit die Tiere eine Brücke haben.«

Lauronat horchte gespannt. »Wann will Jakubs ...«

»Am liebsten schon die nächste Nacht. Allein aber kann er nichts ausrichten – die Last ist zu schwer für einen, und es muß ein sehr Starker dabei sein, sonst zwingen auch zwei sie nicht.«

»Gut, ich komme. Nächste Nacht also.«

»Wenn dir das Wetter nicht zu schlecht ist.«

»Es ist mir nicht zu schlecht. Jakubs soll auf mich warten. Hier hast du etwas für deinen Gang.« Er faßte in die Tasche und holte einige Silbermünzen hervor.

»Laß nur«, sagte sie, seine Hand abwehrend. »Ich brauche nichts, und es ist gern geschehen.«

Jetzt erst, da er in den Stallgang getreten war, sah er sie sich genauer an. »Du hast dich ja ausgeputzt, als ob du zum Tanz gehen wolltest«, bemerkte er, sie bei den Schultern fassend.

»Gefalle ich dir?« fragte sie.

»Ich hätte nicht gedacht, daß du so blitzsauber aussehen könntest.«

»Das dachte ich wohl. Bei uns ist's finster, und in der Zeit, wenn du zu kommen pflegst, sind auch alle Katzen grau. Da hab' ich für dich einmal Sonntag gemacht.«

Er lächelte geschmeichelt. »Ich will nur wünschen, daß du nicht naß wirst«, sagte er. »Ich komme also. Geh' dort hinten hinaus. Es ist besser, man sieht dich nicht.«

»Deine Frau hat mich schon gesehen«, kicherte sie in die Hand.

»Das hat nichts zu bedeuten,« meinte er, »wenn's darauf ankommt, weiß sie doch nichts.« Er beugte sich vor, öffnete mit der linken Hand die Tür und klopfte ihr mit der rechten die runde Schulter, indem er sie zugleich sanft hinausschob. »Hilf nur noch, den Rock über den Kopf nehmen«, bat sie. Das geschah. Dann öffnete sie auf der Schwelle den Schirm unter der Traufe und sprang mit einem lauten »Hopp« über die Pfütze. Pawils sah ihr durch die Spalte nach.

Bald darauf blickte Busze durch die Flurtür. Es dauerte ihr zu lange, bis die Margelle zurückkam. »Nun?« fragte er.

Sie bemerkte, daß er allein war. »Ist sie schon fort?«

»Wer?«

»Ich habe doch Augen und Ohren.«

»Es ist niemand hier gewesen«, sagte er in befehlendem Tone, der jeden Einwand abschneiden sollte.

Busze verstand ihn und schwieg.

Sie schwieg aber auch, als er sie später in der Stube ganz freundlich anredete, und stellte ihm sein Abendessen auf den Tisch, ohne sich zu ihm zu setzen. Dann ging sie früh schlafen. Auch er ließ das Licht nicht lange brennen und legte sich zu Bett.

Aber nach einer Stunde schon stand er leise wieder auf und tappte nach seinen Kleidern herum. Er zog die hohen Wasserstiefel und den Pelzrock an, der an der Wand hing, und setzte die blaue Kapuze auf. Aus der Ecke hinter dem Bett nahm er das Gewehr und den Schrotbeutel. Er wollte eben hinausschleichen, als er seinen Namen rufen hörte. »Was willst du?« flüsterte er. »Schlafe doch.«

»Ich kann nicht schlafen«, sagte Busze, sich aufrichtend.

»Das ist dumm«, schalt er.

»Wohin gehst du?« fragte sie.

Er antwortete nicht, aber der Hahn des Gewehrs knackte leise.

»Nimm mich mit, Pawils.«

»Heute nicht. Schlafe doch.«

»Ich kann dir so gut helfen als eine andere.«

Er lachte kurz auf. »Ach so ...«

»Ich soll schon längst von deinen Wegen nichts mehr wissen.«

»Das kann sein.«

»Die Lenke Kalbis weiß aber davon.«

Darauf erfolgte eine Weile keine Antwort. Dann trat er ans Bett und sagte: »Du bringst mich auf Gedanken, die ich bis jetzt nicht gehabt habe. Ich will versuchen, sie wieder zu vergessen.«

Busze faßte seinen Arm, ihn zurückzuhalten. »Ich tat dir alles zuliebe – mehr als ich sollte. Weil ich dir gut bin, Pawils, war ich schlecht gegen Vater und Mutter. Mitten in der Nacht bin ich aufgestanden, so oft du mich wecktest, und mit dir ausgefahren – «

»Schweige still,« befahl er, »die Wand ist dünn. Das braucht keiner zu hören.«

»Wenn du der Person mehr vertraust als mir –«

»Nun ist's aber genug,« fiel er ärgerlich ein. »Du weißt nicht, was du sprichst. Es ist ganz dumm.« Er machte sich von ihr los und entfernte sich mit schleichenden Schritten aus der Stube, die Tür leise hinter sich zuklinkend.

Es regnete jetzt nicht in Tropfen, aber ein dichter nasser Nebel zog vom Haff her über die Stoppelfelder und Weidepläne, durch die er seinen ungebahnten Weg nahm. Mitunter tauchte aus der grauen Wand der dunklere Schattenriß eines Baumes oder einer Reihe von Bäumen vor, die den Rand eines Grabens anzeigten und bald wieder verschwanden. Lauronat mied die Landstraße, die ihn durch Dörfer führen mußte, und behielt immer das Moor ein paar hundert Schritte seitwärts. Trotz der Dunkelheit verirrte er sich nicht. Es ging ihm zwar durch den Kopf, daß Busze sich so sonderbar benommen hatte, wie noch nie, aber das beunruhigte ihn wenig. Wenn alles gut ablief, konnte er ihr ja sagen, was Lenke gewollt hatte. Jetzt beschäftigte ihn nur die Jagd, zu der er sich mit leidenschaftlichem Eifer rüstete. Er beeilte seine Schritte und öffnete den Pelzrock, als ihm zu heiß wurde. Nach einer Stunde sah er die dunkle Masse der Torfhütte dicht vor sich. Er klopfte an das kleine Fenster, hinter dem kein Licht brannte.

»Bist du's?« fragte eine Stimme von innen.

»Komm nur,« antwortete Lauronat, »ich bin bereit.«

Kalbis brachte zwei Stangen mit. Das Gewehr hatte er unter dem langen Rocke von grauem Want versteckt. »Geh an den Graben voran,« sagte er, »ich bringe das Boot aus dem Schilf. Aber nimm dich in acht, daß du nicht einsinkst. An der Weide kannst du stehenbleiben und auf mich warten.«

Dort stieg Lauronat ins Boot, um dann hinten die Stange zu handhaben, während Kalbis mit der seinen vorn zur Seite einstieß und den Weg kreuz und quer durch das Moor anzeigte.

Endlich nach scharfer Arbeit war die Forst erreicht. Das Boot glitt zwischen Erlengebüsch hin, mitunter an dessen Wurzeln stoßend. Eine Viertelstunde weiter lichtete sich wieder der Wald. Die Ränder des Grabens wurden ganz flach und verloren sich bald völlig im Sumpf, der sich rechts und links seeartig ausbreitete, soweit der Nebel einen Ausblick gestattete. Dahinter tauchten einzelne Bäume auf, die auf einer Insel zu stehen schienen. Wirklich stieß das Boot nach einer Weile auf festeren Grund. Kurz vorher noch waren die Stangen tief eingesunken.

»Hier ist's«, sagte Kalbis, indem er aufsprang und die Spitze aufs Land zog. »Das Wasser geht rundherum. Gestern stand es aber noch höher, und morgen wär's zu spät gewesen.« Er machte sein Gewehr schußfertig.

Lauronat folgte ihm. Er war ein wenig heller geworden. Der Mond mußte aufgegangen sein; wenn er auch unsichtbar blieb, gab er doch dem Nebel einen mehr lichten Ton. Mitunter riß auch der Sturm in die Wand ein Loch, das sich erst nach Minuten wieder schloß. Die beiden Männer schritten durch das nasse Gras den Bäumen zu. An einer Stelle, wo sie dichter aneinandergereiht waren, machte Kalbis halt. Er zeigte mit der Hand geradeaus, ohne zu sprechen. Lauronat sah, daß sich hinter dem Gebüsch etwas bewegte. Bald erkannte er die Schaufelgeweihe von mehreren Elchen.

Sie schlichen heran, das Gewehr unterm Arm, von einem Baumstamm zum anderen Deckung suchend. Plötzlich entstand unter den Tieren eine merkliche Bewegung. Die Köpfe richteten sich mit ihrer schweren Last auf, das klappernde Geräusch der Hufe wurde hörbar. Wie auf ein Zeichen setzte sich die Herde in Trab und jagte in entgegengesetzter Richtung davon. »Sie kommen nicht durch«, flüsterte Kalbis, »das Wasser ist zu flach zum Durchschwimmen und zu tief zum Durchwaten; sie wissen ganz genau, wie weit sie mit den Beinen einsinken und bringen sich nicht in Gefahr – wir müßten sie denn verfolgen und in Schrecken setzen. Das lassen wir bleiben. Wenn wir einen Hirsch schießen, der halb im Sumpfe steckt, wie bekommen wir ihn heraus! Aber es dauert nicht lange, so kehren die Tiere hierher zurück. Ich habe sie da gestern auch stehen gesehen – es ist ihr Standort. Wir können uns indessen noch etwas näher heranbringen.«

Sie nahmen hinter einer mächtigen Kiefer Aufstellung. Es verging wirklich keine lange Zeit, bis das Elchwild sich wieder hinter dem Gebüsch zeigte. Freilich war die Dunkelheit so groß, daß ein Schuß auf einen der sich schwach auf der Nebelwand abzeichnenden Köpfe kaum ein sicherer Treffer sein konnte. Die Jäger warteten noch. Da setzte eins von den größten Elchen aus dem Gebüsch heraus und näherte sich ihnen langsam mit hocherhobenem Geweih. Jetzt zielte Lauronat und schoß. Das Tier war getroffen und kehrte schwankend um. Nun legte auch Kalbis an und gab einen Schuß in die Seite. Mit einem ächzenden Laut brach es zusammen. Die erschreckte Herde jagte in wilder Flucht davon.

Die beiden Wilddiebe sprangen vor, um sich ihrer Beute zu bemächtigen. Sie faßten das noch zuckende Tier an den Hinterläufen und bemühten sich, es über das Gras zu schleifen. Das erforderte größere Anstrengung, als sie erwartet haben mochten. Doch gelang es ihnen, den Elch bis in die Nähe des Bootes zu schaffen. Nun mußte er aber gehoben werden. Die Gewehre waren ihnen sehr hinderlich. Sie stellten sie diesseits an einen Wacholderstrauch. Jetzt bewies Lauronat seine Riesenkraft, indem er die Schulter untersetzte und so das Hintergestell vom Boden und über Bord brachte. Kalbis schleppte den Kopf am Geweih nach und warf ihn ins Boot, um selbst nachzupoltern, da er das Gleichgewicht verloren hatte. Nun schob Lauronat mit aller Anstrengung das schwer belastete Gefährt so weit ins Wasser, daß er es mit einem letzten Stoß ganz freimachen konnte. Er wollte vorher nur noch die Gewehre holen.

In diesem Augenblick aber gewahrte Kalbis von der Forst her einen Kahn mit zwei Männern. Im Nebel hat er sich um die Insel herum unbemerkt bis auf fünfzig Schritt nähern können. »Der Förster,« zischelte er, »fort, fort!« Zugleich stieß er mit der Stange gegen den Erdrand. Lauronat erkannte sogleich die Gefahr. Es war keine Sekunde zu versäumen. Mit den beiden kräftigen Armen das Bordbrett fassend, stieß er ab und schwang sich hinüber. Das Boot schwankte und schöpfte Wasser, wurde aber bald wieder ins Gleichgewicht gebracht, als er erst stand und seine Stange regierte. Es war doch durch dieses Manöver ein kurzer Aufenthalt entstanden, der hingereicht hatte, die Entfernung von dem Förster und seinem Gehilfen bedeutend abzukürzen. Sie wäre noch geringer geworden, wenn deren Kahn nicht, zuletzt in zu rasche Bewegung gesetzt, am Ufer aufgestoßen wäre und erst wieder hätte flottgemacht werden müssen.

»Hatt' ich mir's doch gedacht,« knurrte der Förster, »daß die Kerle sich die Gelegenheit nicht entgehen lassen würden. Diesmal aber krieg' ich dich, Halunke! Wir haben auch ein Boot. Halt!« schrie er, »und ergebt euch, ihr Schufte, oder ich schieße. Ich kenne dich, Pawils Lauronatis, ich kenne dich, warte nicht ab, bis dir eine volle Ladung in die Kaldaunen fährt. Halt, sag' ich, und zum drittenmal halt!«

»Niederknien!« kommandierte der frühere Unteroffizier, »und die Stange fest einsetzen!«

Der Schuß krachte, aber die Rehposten pfiffen über ihren Köpfen hinweg.

»Zum Teufel,« knirschte Lauronat, »wir haben unsere Gewehre zurückgelassen. Sonst sollt' er bald merken, daß ich besser treffe als er.«

Der Förster lud von neuem. Indessen mußte der Gehilfe allein den Kahn schieben. Dadurch gewannen die Wilddiebe einen Vorsprung, der sich mehr und mehr vergrößerte, als sie nun wieder aufrecht standen und mit dem ganzen Körpergewicht gegen die Stangen drückten. Sie hatten schon den Graben erreicht, als die Verfolger noch durch den Sumpf einen Weg für ihren breiteren Kahn suchten.

Und nun begann eine tolle Jagd durch das Moor. Kalbis wußte hier so gut Bescheid, daß er wagen konnte, in die Quergräben einzulenken und die Verfolger irrezuführen. Er fand sich immer wieder zur richtigen Fahrstraße zurück. Diese plötzlichen Wendungen hinderten den Förster denn auch, nochmals von seinem Gewehre Gebrauch zu machen. Er mußte von Glück sagen, wenn er im nächtigen Nebel die Gestalten der Wilderer nicht ganz aus den Augen verlor. »Vorwärts, vorwärts,« ermunterte er den Gehilfen, dem schon der Arm matt wurde, »sie dürfen uns nicht entwischen.« Ihm selbst perlte der Schweiß von der Stirn.

Für Kalbis' kleines Boot war die Last der beiden Männer und des Elchs fast zu groß. In der Mitte ragte das Bordbrett kaum einen Zoll aus dem schwarzen Wasser vor. Nur wenn sie ganz gleichmäßig die Stangen einstießen, beugten sie gefährlichen Schwankungen vor, und bei allem Geschick konnten sie das Einströmen doch nicht ganz hindern. Ihre Hoffnung, den Forstbeamten außer Sicht zu kommen, wurde immer wieder getäuscht. Und jetzt, nach einer Stunde eiligster Flucht, näherten sie sich bereits dem Ende des Moors, wo die Gräben flacher wurden und in verschilfte Sümpfe einliefen. Kalbis wußte, daß er dort festsitzen müßte, wenn er den Förstern nicht die einzige Fahrstraße nach seinem Hause zu anzeigen wollte. »Es hilft nichts«, sagte er, »wir müssen den Elch abwerfen und ihnen den Graben sperren.«

Lauronat überlegte noch eine Weile. Der Entschluß, die Beute fahren zu lassen, wurde ihm sehr schwer. Endlich stimmte er doch seufzend zu. »Dann aber sogleich«, riet Kalbis. »Es geht hier immer geradeaus, und sie sind uns bald nach.« Er gab dem Boot, um einen festeren Halt bei der schwierigen Ausladung zu schaffen, eine Wendung, so daß es sich vorn und hinten in den Grabenrand eindrückte. Dann steckten sie zu beiden Seiten die Stangen knapp und tief ein. Nun hoben sie mit Anstrengung aller Kräfte den schweren Körper hoch, gaben ihm eine schwingende Bewegung und ließen ihn quer durch den Graben plumpen. Es spritzte auf und übergoß das schwankende Boot. Viel fehlte nicht, so wäre Lauronat nach der anderen Seite übergefallen. Er mußte sich bücken und lang niederlassen. Kalbis zog seine Stange heraus. »Weiter können sie nicht«, sagte er lachend. »Bis sie den Elch aus dem Wege geschafft haben, sind wir in Sicherheit.«

Der Zeitverlust war doch groß gewesen. Kalbis hatte eben erst wieder sein Boot flottmachen können, als der Förster die Sperre erreichte. Er bemerkte sofort, was geschehen war; der Rücken des Tieres und die Schaufeln des Geweihs ragten aus dem Wasser vor, der Kahn saß fest. Ohne Zögern legte er das Gewehr an. »Halt!« rief er, »zum letztenmal halt!« Die Wilddiebe achteten nicht darauf, sondern suchten sich nur um so eiliger zu entfernen. Da ein Blitz und ein Knall. Kalbis sank in die Knie. »Verdammt – ich bin getroffen«, ächzte er. Lauronat erhob sich und schob das Boot weiter. »Der Schuft«, murmelte er in den Bart. »Er weiß, daß er uns nicht einholen kann und schießt doch. Das ist eine elende Rache. Nimm dich zusammen, Jakubs – halte dich aufrecht, es wird so viel nicht sein. Ich weiß nicht den Weg durchs Schilf. Rechts oder links?«

»Links«, stöhnte Kalbis. »Ich kann nicht auf – der Schuß traf gut – es ist ein Höllenschmerz. Da links hinein – und dann auf die verkrüppelte Weide zu – dann, wo das Schilf aufhört, rechtsum – noch hundert Schritt weiter, da liegt trockener Fichtenstrauch und ein Brett – beeile dich, sonst bringst du mich – nicht mehr – lebend ...«

Lauronat wurde bange. Mit gewaltigen Sätzen trieb er das Boot vorwärts, bis es an der bezeichneten Stelle auf den Grund geriet. Kalbis konnte sich nicht aufrichten, selbst mit seiner Hilfe nicht gehen. Er lud ihn auf die Schulter und trug ihn die weite Strecke über Land bis zur Torfhütte. Ohne ihn loszulassen, klopfte er an. »Aufgemacht, Lenke, aufgemacht«, rief er. »Schnell! Es ist ein Unglück geschehen.«

Sie hatte eiligst ein wollenes Tuch übergeworfen und öffnete die Tür. Kalbis wimmerte kläglich. »Gott im Himmel! – Bruder –«, sagte sie ängstlich, »was ist es mit dir?«

»Der Förster – ein Schuß in den Rücken –«, antwortete er. »Mach' Licht, aber verhäng' die Fenster.«

»Ja, mach' Licht«, sagte Lauronat. »Der Teufel hole den Schurken ...«

Lenke zündete mit zitternden Händen eine kleine Blechlampe an. Dann half sie, Jakubs auf dem Stroh in seiner Bettlade niederzulassen. Lauronats Pelz war mit Blut überströmt. Ganz erschöpft sank er auf einen Holzschemel und suchte Atem zu schöpfen.

Das Mädchen stellte eine Flasche mit Branntwein vor ihn auf den Tisch. Er goß zwei Gläser dicht hintereinander hinunter. »Wir müssen ihm den Rock und die Jacke abziehen«, sagte er dann. »Bringe Wasser und alte Lappen. Ich hab' als Unteroffizier einen Kursus gehabt, wie sie das nannten, und gelernt, wie man zur Not einen verbindet. Hast du nicht alte Leinwand, so müssen wir ein Hemd zerreißen. Es soll euer Schade nicht sein – ich will später eins von den meinen an die Stelle geben.«

»Trinken,« stöhnte Jakubs, »trinken – laßt mich einen Schluck – trinken.«

Lenke hielt ihm die Flasche an den Mund. Er schien sie leeren zu wollen, so gierig sog er mit den trockenen Lippen daran. Dann krümmte er sich wieder auf seinem Lager. »Ach – hier in der Brust – es muß da – etwas zerrissen sein ...« Er spie aus. Der Mund war ihm blutig.

Lauronat entkleidete ihn mit Lenkes Hilfe. Nahe dem linken Schulterblatt fand er zwei Wundstellen, »der Förster hat Rehposten geladen gehabt,« bemerkte er, »herausholen kann ich sie nicht, sie stecken zu tief.« Er wusch das Blut ab und kühlte die Wunden mit frischem Wasser. Lenke mußte Scharpie zupfen und viereckige Lappen schneiden. Jakubs drückte die Fäuste gegen die Brust und knirschte mit den Zähnen. »Hier inwendig – da brennt's – hier inwendig ...«

Eine Stunde war vergangen; draußen fing es an zu dämmern. »Wenn du willst«, sagte Lauronat, »spanne ich zu Hause an und hole den Doktor. Gegen Mittag kann ich hier sein.«

»Nein, nein,« – ächzte Kalbis, »er sieht ja doch gleich – daß ich angeschossen bin – und dann ist's heraus.«

»Ja, dann ist's heraus«, wiederholte Lauronat. »Wenn du dir's verbeißen kannst, ist's besser, niemand erfährt …«

»Gebt mir nur zu trinken. Es steigt mir immer heiß auf … Dieser höllische Durst! O – o – o!«

»Du könntest einmal sehen, Lenke,« sagte Lauronat nach einer Weile, »ob der Elch noch im Graben liegt. Die Schaufeln hätt' ich ihm gern ausgebrochen.«

Das war auch für Kalbis eine wichtige Sache. So schwer er litt, beschrieb er doch seiner Schwester genau die Stelle und den Fußweg, der nicht weit davon vorüberführte.

Lenke brachte die Nachricht zurück, der Elch sei fort. Von Torfarbeitern, die in der Nähe beschäftigt waren, hätte sie gehört, der Förster habe sie, als sie früh zur Arbeit kamen, angerufen und aufgefordert, ihn beim Einladen des Tiers in seinen Kahn zu helfen. Das sei geschehen. Er hätte auf die Wilddiebe geflucht und gesagt, den einen kenne er ganz gut; ob das derselbe sei, dem er eins auf den Pelz gebrannt, wisse er freilich nicht, das werde sich aber bald zeigen.

»Von mir weiß er nichts«, äußerte Kalbis befriedigt. »Das ist auch gut, sonst hätt' ich hier am Moore keine Ruhe mehr.«

»Hätten wir nur nicht die Gewehre eingebüßt«, bemerkte Lauronat, den Lappen wieder in kaltes Wasser tauchend.

»Ja, das ist schlimm«, stöhnte Kalbis. »Wer weiß aber ob sie der Förster gefunden. Vielleicht sucht er nicht einmal. Er kann denken … Ah – ah!« Er krümmte sich winselnd.

»Es ist wohl möglich, sie stehen noch im Wacholder«, meinte Lauronat. »Ich kann mich natürlich da nicht blicken lassen, aber ein anderer – «

»Die Lenke kann mit dem Boot hinfahren – und nachsehen. Ich habe noch – einen Haufen Knüttelholz in der Forst stehen. Hält einer sie an – so fährt sie danach.«

Lenke zeigte sich sogleich bereit. Es war indessen heller Tag geworden und die Lampe längst ausgelöscht. »Aber einer muß doch bei dir –«, sagte sie zu Jakubs und sah dabei den Wirt von der Seite an.

»Ich bleibe hier, bis du zurückkehrst«, versicherte Lauronat. »Ich wär' auch sonst nicht fortgegangen.«

Lenke flocht nur ihre Zöpfe vor einem Spiegelscherben, der schräg ans Fenster gestellt war. Es schien ihr gar nicht unlieb zu sein, daß der Gast ihr zuschaute.

»Du solltest deinen Pelz abwaschen«, riet sie, als sie über das Hemd mit den weiten Ärmeln eine Jacke zog und ein Tuch um den Kopf band. »Wenn das Blut antrocknet, wirst du die Flecken gar nicht mehr fortbekommen.«

»Du hast recht«, antwortete Lauronat. Er machte sich auch nach ihrer Entfernung gleich an die Arbeit. Zwischendurch bediente er den Kranken und aß von dem Schwarzbrot, das Lenke auf den Tisch gelegt hatte.

Allmählich wurde Kalbis ruhiger und dann schlief er, von dem Blutverlust ermattet, ein. Beim Atmen röchelte er aber beängstigend. Mitunter war ihm die Kehle wie abgeschnürt, bis ihn ein Husten erleichterte. Einmal würgte er eine Weile, richtete sich plötzlich auf und spie einen Strom Bluts auf die Erde. Er riß dabei die Augen auf, blickte Lauronat wie geistesabwesend an, ächzte schwer und sank wieder auf das Strohlager zurück.

Lauronat wiegte bedenklich den Kopf. »Das wird nicht gut. Zum Teufel –! Er stirbt mir unter den Händen.«

Es dauerte mehr als drei Stunden, bis Lenke zurückkehrte. Aber sie brachte die beiden Gewehre. »Das ist brav«, lobte Lauronat und klopfte ihr die Wange. »Wir müssen sie verstecken, bis alles von der Sache wieder still ist.«

»Schläft er?« fragte sie.

»Ja – aber das Blut kommt ihm immer in den Hals. Wer weiß –«

Sie schälte Kartoffeln zum Mittag, wusch sie ab und setzte sie in einem eisernen Topfe mit drei Füßen aufs Feuer. Die Hütte hatte keinen Schornstein; der Rauch mußte durchs Dach abziehen und erfüllte bald den kleinen Raum. Sie schien davon nicht die geringste Beschwerde zu haben, aber der Kranke hustete häufiger und heftiger. Lauronat stieß die Tür auf, aber es nützte wenig, denn der Wind blies hinein. Kalbis stöhnte schmerzlich, der Mund stand offen, die Augen schlossen sich nicht ganz. Mitunter stockte der Atem, und dann warf er wieder Blut und Schaum aus. Bei einem besonders heftigen Anfall sprangen, beide hinzu, ihn aufzurichten. Er rang mit den Armen und Beinen, es steckte ihm etwas in der Kehle, und er konnte es nicht herausstoßen, das Gesicht wurde ganz blau. Dann brach er zusammen, röchelte noch ein paarmal und bewegte sich nicht mehr.

»Um Gottes Jesu willen,« jammerte Lenke, die neben ihm kniete, »er wird doch nicht –«

Lauronat faßte seine Hand und hielt das Ohr über seinem Munde. »Tot –«, sagte er leise. »Es ist nicht anders – tot.«

Lenke weinte und wehklagte. Dann holte sie aus ihrer Kammer ein litauisches Gesangbuch und legte es Jakubs auf die Brust.

»Wir müssen ihn abwaschen und anziehen«, bemerkte Lauronat. »Ich will dir helfen.«

So geschah es denn auch. Sie zogen dem Toten die Sonntagskleider an. Das blutige Stroh wurde aus der Bettlade genommen und in den Schweinekoben geworfen. Am Strauchzaune blühten noch einige Astern, die pflückte Lenke und legte sie auf das weiße Leinentuch, das sie über Jakubs gedeckt hatte. Dann stand sie daneben mit gefalteten Händen und sang ein geistliches Lied. Lauronat stimmte leise mit ein.

»Du wirst dem Schulzen Anzeige machen und das Begräbnis ansagen müssen«, gab er zu bedenken.

»Ja, gleich nach dem Essen«, antwortete sie, jetzt wieder ganz gefaßt. Sie goß die Kartoffeln ab und schüttelte sie in eine irdene Schale. Auch ein hölzernes Gefäß mit Salz stellte sie auf den Tisch und einen Teller, auf dem eine Speckschwarte lag. »Iß,« sagte sie, »dich wird hungern. Mehr hab' ich nicht.«

»Es ist auch genug«, versicherte er. Er ließ sich nicht nötigen und griff zu. Auch sie setzte sich und langte in die Kartoffelschale. »Was wirst du dem Schulzen sagen?« fragte er.

»Daß er sich bei der Arbeit einen Brustschaden geholt hat, krank gewesen und gestorben ist«, antwortete sie. »Sie werden sich nicht viel darum kümmern – der Jakubs war ja nur ein Häusler. Die den Sarg bringen, sehen auch nicht nach.« Sie steckte die Kartoffel in den Mund, die sie auf das Taschenmesser gespießt hatte, und wischte mit dem Rücken der Hand eine Träne von der Backe fort.

»Er ist nun einmal tot –«, sprach Lauronat vor sich hin.

»Ja –«

»Und du wirst nicht ausbringen, daß ich dabei gewesen bin, Lenke?«

»Gewiß nicht, weshalb braucht das einer zu wissen?«

»Ich werde dich nicht verlassen, Lenke«, sagte er nach einer Weile und reichte ihr die Hand über die Ecke des Tisches. »Aber bei mir darfst du dich jetzt nicht blicken lassen.«

»Das will ich auch nicht. Sieh nur, daß du unbemerkt fortkommst.« Sie trat vor die Tür hinaus. Der Nebel war wieder so dicht, daß sich nicht einmal die Häuser des Dorfes erkennen ließen.

Nach einigen Schritten trennten sie sich. Lenke ging auf dem Fußpfade dem Dorfe zu, Lauronat in entgegengesetzter Richtung über die Heide nach dem Moor.

Als er nach Hause kam, empfing ihn Busze mit finsterem Gesicht. »Ich glaubte, du wolltest gar nicht mehr wiederkommen«, sagte sie gereizt.

»Warum sollte ich nicht?« fragte er herausfordernd. Er zog sich aus, um ins Bett zu gehen, obgleich es noch ganz hell war.

»Der Förster ist hier gewesen«, warf sie nach einer Weile mürrisch hin.

»Der Förster – ? Was wollte der?«

»Er wollte dich sprechen – glaubte auch nicht, daß du nicht zu Hause wärst, und sah auch überall nach.«

»Was hast du ihm gesagt?«

»Nun – du seist des Morgens aufs Gericht gegangen.«

»Aufs Gericht?«

»Ja, du hattest doch den Termin mit dem Juden.«

Pawils schlug sich mit der flachen Hand vor die Stirn. »Zum Teufel –! Das hatt' ich vergessen.« Er ging unruhig durch die Stube. »Jetzt ist's zu spät.«

Nach einer Weile sagte er: »In der Nacht bin ich zu Hause gewesen – verstehst du?«

Sie antwortete nicht.

Ärgerlich warf er sich aufs Bett. »Pah! Der Jude wird um einen anderen Termin gebeten haben. So unverschämt wird er nicht ...« Er rückte den Kopf in den Kissen zurecht und wandte das Gesicht der Wand zu. Nach wenigen Minuten schnarchte er laut.

Aber der Jude war doch »so unverschämt« gewesen, sein Recht zu verfolgen. In zwei Tagen war das Urteil ausgefertigt und zugestellt. Lauronat wollte es »nicht annehmen«. »Ob du deinen Namen schreibst oder nicht, ist ganz gleichgültig,« erklärte der Beamte, »meine Bescheinigung gilt. Ich möchte dir doch raten, Geld zu besorgen. Nathan Hirsch ist ein gefälliger Mann; wenn man ihm aber nicht Wort hält, kennt er keine Nachsicht. Ich habe Exempel.«

Lauronat ging zu seinem Schreiber. Er wolle »appellieren«, sagte er. Wie könne man ihn auf des Juden Geschrei verurteilen? Der

Praktikus riet aber ab. »Wechsel ist Wechsel. Da heißt es bloß: hast du geschrieben? Und was du einwenden willst, hält ja auch nicht.«

Das überzeugte seinen Klienten keineswegs. Aber er wollte sich's doch noch eine Weile überlegen.

Die Weile dauerte, so kurz sie an sich war, doch zu lange. Am andern Vormittag kam schon der Exekutor auf den Hof und erklärte, pfänden zu müssen. Busze jammerte, das Unglück sei über sie gekommen; auch Erdenings und seine Frau traten heraus und klagten, daß der Wirt ihnen solche Schande mache. Pawils stand da, die Daumen in den Hosentaschen und lachte höhnisch. »Was hat der Jude dir in die Hand gesteckt,« fragte er den Beamten, »daß du so schnelle Beine hast?«

Das nahm dieser krumm. »Nimm deinen Mund in acht,« antwortete er, »solche unbedachte Worte können dir sonst teuer werden. Hast du das Geld oder nicht?«

»Ich hab's nicht.«

»So bin ich angewiesen, auf das Fuhrwerk Beschlag zu legen.«

»Hoho!«

»Die beiden Braunen mit dem Wagen sind allenfalls so viel wert.«

»Du sollst einmal!« Lauronat stellte sich breitbeinig hin und hob die Hand.

»Da frage ich gar nicht.« Der Exekutor ging nach dem Stalle und wollte die Tür öffnen; der Litauer sprang aber vor und stieß ihn gegen die Brust, daß er taumelte. »Die Braunen lasse ich mir nicht fortnehmen!«

»Der Stoß soll dir noch leid tun«, rief der nun wirklich erzürnte Beamte. Er holte den Schulzen und einen Dorfschöffen zu seinem Beistande herbei. »Der Gewalt wird er weichen müssen.«

Dazu hatte Lauronat anfangs wenig Lust. »Die Braunen lasse ich mir nicht fortnehmen«, wiederholte er immer wieder.

Die Weiber lamentierten, der Altsitzer schimpfte.

»Sei nicht verrückt,« sagte Wasputtis, der Schulze, zum Wirt, »es hilft dir doch nichts.«

Er mußte an den Armen gefaßt und von der Türe fortgezogen werden.

»Gut, gut!« rief er. »Drei gegen einen! Ihr habt's zu verantworten.«

Nun wurden die Pferde herausgebracht und nebst dem Wagen zu Nachbar Liebert gebracht, der dem Exekutor der Zuverlässigste im Orte schien. Er übergab ihm das Pfand in Aufbewahrung. »Übermorgen komm ich zur Auktion«, sagte er. Dann fuhr er ab.

Lauronat lärmte auf seinem Hofe weiter und stieß Drohreden aus. Vielleicht erschien ihm das als das beste Mittel, Busze und ihre Eltern zum Schweigen zu bringen. Ihn konnten sie doch nicht überbieten. Es blieb aber nicht dabei. »Ich will dem Hunde doch mal meine Meinung sagen«, erklärte er, zog sich zum Ausgehen an, nahm die Herrenpeitsche in die Hand und begab sich zu Liebert. »Laß mein Fuhrwerk anspannen«, befahl er.

»Deine Pferde sind im Pfandstalle,« entgegnete der Deutsche, »ich kann sie nicht herausgeben.«

»Was heißt das?« fragte Lauronat mit hochmütigem Achselzucken. »Ich werde doch wohl mit meinen eigenen Pferden noch ausfahren können?«

»Ich darf's nicht erlauben«, sagte Liebert und ging in sein Haus, um einen Streit zu vermeiden. – Der Stall war verschlossen. Lauronat geriet darüber vollends in Wut, holte eine Axt herbei und sprengte die Tür. Die Schläge machten Liebert aufmerksam; er kam mit seinen Leuten heraus und rief: »Ihr seid Zeugen, wie er's treibt.« Er schrieb dann sogleich an das Gericht die Meldung.

Lauronat aber spannte nun ganz befriedigt die Braunen vor seinen Wagen, setzte sich auf und fuhr wie das Donnerwetter durchs Dorf, bei dem Schulzen vorbei, daß ihm die Lehmkluten an die Fenster flogen.

Er hielt erst in Szibullen vor des Juden Hause an und trat ohne anzuklopfen in die Stube, in der eben der Mittagstisch abgeräumt wurde. Die Familie war noch zusammen. »Das ist eine Frechheit«, platzte er heraus, »mich verurteilen zu lassen, wenn ich den Termin vergessen habe, und mir dann noch den Exekutor zu schicken!«

»Was willst du?« sagte der alte Nathan gelassen. »Ich fordere mein Geld zur bestimmten Zeit, und du gibst es mir nicht. Ich klage bei Gericht, und du erscheinst nicht. Soll ich da nicht handeln, wie das Gesetz gestattet, mich vor Schaden zu bewahren?«

»Aber das Fuhrwerk –«

»Du hast mich selbst verwiesen an das Fuhrwerk. Es hat damals auf dem Platze gestanden wie jetzt, und du hast hinausgezeigt mit der Hand und gesagt, die Braunen sind allein tausend Mark wert. Nun nehm' ich die Braunen. Und es wundert mich, daß du heut' mit ihnen aufgefahren kommst. Sind sie nicht wegen der Schuld gepfändet?«

»Das mag sein.«

»Du machst dir Unannehmlichkeiten, mein lieber Lauronat, du wirst in Strafe genommen. Es tut mir leid.«

»Die Braunen gebe ich nicht, da kannst du dich auf den Kopf stellen.«

»Warum soll ich mich auf den Kopf stellen, wenn ich stehe auf sicheren Füßen und werde geschützt vom Gesetz? Gib mir mein Geld, und ich will die Braunen vor meiner Tür nicht gesehen haben.«

»Laß eintragen!«

Nathan Hirsch klopfte mit dem Finger seinen weißen Bart über der Brust und schloß das linke Auge. »Eintragen! Was tu' ich mit der Hypothek? Ich bin ein Handelsmann, braucht das Geld blank oder in sauberm Papier für mein Geschäft. Du bist nicht der einzige, der Hilfe haben will. Und was für eine Hypothek! Hinter dem großen Altenteil, das dich ruiniert. Wer nimmt mir die Hypothek ab? Und wie kann ich sie herausbieten, wenn es zum Äußersten kommt?«

Lauronat preßte die Lippen zusammen und sah mürrisch vor sich hin. Eigentlich hatte der Jude recht. »Verflucht, daß ich mich mit dir eingelassen habe«, murmelte er.

»Warum willst du fluchen,« wendete der Alte ein, »wo es doch klüger ist, zu überlegen, wie du mir gerecht werden kannst? Setze dich zu mir Pawils, setze dich zu mir, und laß uns zusammen überlegen.« Er winkte seinem Sohn, einen Stuhl heranzuschieben. »Ich will bedenken, daß du Unglück gehabt hast mit der Stute, und deine Verlegenheit nicht für mich ausbeuten. Kann ich gesichert sein, so will ich nicht bestehen auf meinen Schein. Aber ich höre von allen Seiten, deine Wirtschaft geht zurück. Du hast verkauft, was du zum Winter behalten solltest, du hast Flickschulden überall, und die Prozeßkosten zehren dich auf. So kann's nicht weiter gehen. Da ist's vielleicht doch am besten, du machst das stolze Fuhrwerk zu Gelde, befriedigst mich und kaufst dir ein paar Pferde, wie sie ausreichend sind, für ein Geringes.«

»Nie und nimmer«, rief der Litauer hinein.

»Aber wie willst du denn wirtschaften mit drückenden Schulden? Ich möchte dich gern erhalten – sage mir, wie das geschehen kann.«

Lauronat warf den Kopf auf. Pah! Wenn ich noch tausend Mark hätte ...«

»Tausend Mark! Noch tausend Mark!«

»Eingetragen natürlich.«

»Und damit könntest du deine Wirtschaft wieder ganz in Ordnung bringen, mein guter Pawils?«

»Ganz und gar. Aber was fragst du?«

»Ich kann doch fragen. Noch tausend Mark – hm! Vor dem Altenteil, ja! Da ließe sich das Geld beschaffen. Und ich könnte allenfalls meine tausend Mark dazulegen und brauchte dich nicht zu drücken. Zweitausend Mark vor dem Altenteil – ja, davon wäre zu reden. Wenn du hinterher fleißig sein und vernünftig wirtschaften und die Zinsen pünktlich bezahlen wolltest ...«

Lauronat zuckte die Schultern. »Erdenings wird doch nicht zurücktreten«, sagte er.

»Du mußt ihn bitten.«

»Bitten! Den! Ich stehe so nicht mit ihm.«

»Das kann ich nicht löblich nennen. Es ist doch der Vater deiner Frau. Ihr Litauer müßt immer Streit in der Familie haben – das ist euer Verderb. Warum soll ich nicht bitten einen nahen Verwandten? Und wenn der Mann sich's überlegt, ist's doch sein Vorteil mit, daß du bei Kräften bleibst. Aber wie du willst. Ich sage nur, wie weit ich dir entgegenkommen könnte ohne eigenen Verlust. Die zweitausend Mark vor dem Altenteil ließen sich beschaffen.«

»Sprich du mit Erdenings«, sagte Lauronat nach einigem Bedenken verdrießlich.

»Ich? Was wird er auf mich geben?«

»Mehr als auf mich. Und wenn er's abschlägt, kränkt er mich nicht – und dich auch nicht.«

Nathan Hirsch beriet sich mit seinen Söhnen; der Litauer verstand nicht, was sie sprachen. Endlich sagte Nathan: »Gut – ich will mit dir kommen, wenn du versprichst, mich vor Nacht wieder nach Hause zu bringen. Es kann mir ja auch nur lieb sein, wenn ich mein Geld bekomme in Frieden und eine kleine Provision für meine Gefälligkeit. Es ist vielleicht Torheit, daß ich mir für einen fremden Menschen Mühe gebe, den ich doch habe in meiner Gewalt. Der Moses hat recht. Aber ich will ehrlich an dir gehandelt haben und ruhig schlafen können. Komm!«

Nun beschäftigten sich Frau und Kinder um ihn, ihm einen langen Pelz anzuziehen, eine Pelzmütze aufzusetzen und warme Filzschuhe auf die Füße zu schieben und ihn auf den Wagen zu heben. Dann wurde zärtlicher Abschied genommen, die freundlichsten Worte begleiteten ihn. Lauronat hätte es lieber gesehen, wenn der Jude am anderen Tage mit eigenem Fuhrwerk gekommen wäre. Jetzt so neben ihm ... Aber er bezwang sich und sagte nichts.

Erdenings war eine ganze Weile halsstarrig, und Urte bestärkte ihn darin. Zum Bitten konnte Pawils sich auch schwer entschließen. Er gab den Alten zwar ein paar gute Worte, aber als sie ihm nicht gleich den Willen taten, fuhr er ärgerlich auf: »Eh' ich mir die Braunen verkaufen lasse, brech' ich euch das Dach über dem Kopfe ab«, und verließ das Zimmer. Busze hielt sich still, redete nicht zu und nicht ab. Endlich gelang es dem »weisen Nathan« doch, mit seinen guten Gründen durchzudringen. Es wurde nur noch über die Summe verhandelt, die Erdenings auf seine Forderungen von tausend Mark abbekommen sollte. Hirsch ging zu Pawils hinunter und brachte ihn wieder in die Stube zurück. Sie wurden auf zweihundertundfünfzig Mark einig. Das Geschäft sollte morgen auf dem

Gericht glattgemacht werden. Bis das geschehen sei, versprach Lauronat, nicht ohne heftiges Widerstreben, das gepfändete Fuhrwerk wieder bei Liebert abzugeben. Hirsch bestand darauf. Dafür wollte er wegen der eigenmächtigen Fortnahme ein Auge zudrücken.

Die Angelegenheit wurde wirklich erledigt, wie verabredet. Lauronat war aber weit entfernt, dem Juden dafür besonderen Dank zu wissen. »Er hat ja nun doch seine tausend Mark«, dachte er, »und kann lachen.« Auch der Altsitzer hatte nach seiner Meinung ein gutes Geschäft gemacht, da er das bare Geld bekam. Die Absicht, seine anderen Schulden zu berichtigen, führte er nur zum Teil aus. Dreihundert Mark in Goldstücken und Silber brachte er eines Abende zu Lenke Kalbis und gab sie ihr in Verwahrung. »Bei ihr vermutet keiner so etwas«, sagte er »und man muß für alle Fälle sorgen.« Der Beutel wurde unter dem Herde eingescharrt und mit einem Stein bedeckt. Zugleich nahm er sein Gewehr wieder mit.

Jakubs Kalbis war ohne Weiterungen begraben worden.

Der Herbst brachte mancherlei recht unerfreuliche Ereignisse.

Da wurde Pawils Lauronat zunächst vor Gericht geladen, um sich wegen seines Verhaltens bei der Pfändung zu verantworten. Er hatte gemeint, davon dürfe nicht weiter die Rede sein, da Nathan Hirsch doch befriedigt wäre. Nun wurde er bedeutet, das habe miteinander nichts zu tun. Er habe Widerstand geleistet bei der Pfändung, den Exekutor tätlich angegriffen und mißhandelt, endlich den Pfandstall erbrochen und das Pfand entfernt. Lauronat konnte die Tatsachen nicht bestreiten, außer daß er meinte, er habe den Exekutor nicht gestoßen, sondern nur fortgeschoben. »Aber das ist alles des Juden Schuld«, sagte er. »Er hat mich verurteilen lassen, ohne daß ich ein Wort habe sprechen können, und dann hat er den Exekutor angestiftet, mir das Fuhrwerk fortzunehmen, gerade das Fuhrwerk, da doch Haus und Hof voll Sachen waren, die auch beim Verkauf etwas eingebracht hätten. Damit bewies er seine Bosheit. Und weshalb sonst hab' ich denn das Fuhrwerk fortgenommen, als zu ihm zu fahren und seine Schlechtigkeit aufzudecken? Er hat denn auch sein Unrecht eingesehen und mir noch mehr Geld angeboten und selbst mit Erdenings alles in Ordnung gebracht. Als er nun die schöne Hypothek hatte, ist er nun doch nicht still gewesen, sondern hat mich beim Gerichte verschrien; und dafür soll ich nun unschuldig in Strafe kommen.«

Der Richter sagte ihm, er sei im Irrtum; nicht Nathan Hirsch, der Exekutor habe ihn seiner Pflicht gemäß angezeigt. Aber Lauronat blieb dabei, dies alles hätte nicht geschehen können, wenn ihm der Jude nicht die Braunen hätte fortnehmen wollen. »Dem ist's doch ein leichtes gewesen, so einem den Mund zu stopfen,« sagte er, »aber das hat ihm nicht gepaßt.« Der Richter fuhr ihn an, er beleidige überdies noch den Beamten. Nun schwieg er wohl, aber er wußte doch, was er wußte.

Er wurde zu einigen Monaten Gefängnis verurteilt.

Zugleich schwebte gegen ihn die Untersuchung wegen des Jagdfrevels. Der Förster behauptete steif und fest, er habe ihn erkannt; wer der zweite Mann gewesen, wisse er nicht. Lauronat bestritt. »Wie will der einen erkannt haben?« rief er. »Es ist in jener Nacht finster gewesen, und der Nebel hat dicht auf der Erde gelegen. Er verschwört seine Seele.«

Dem Richter selbst kam dieser Umstand verdächtig vor. »Wie nahe sind Sie den Wilddieben gekommen?« fragte er.

»Mindestens auf dreißig Schritt«, antwortete der Förster. Sein Gehilfe hatte von vierzig bis fünfzig gesprochen.

»Und da wollen Sie in der nebeligen Nacht ein Gesicht erkannt haben?«

»Ich sage nicht, das Gesicht. Aber an der ganzen Statur erkannt' ich den Pawils Lauronat und hab's gleich gesagt. Es kann auch gar kein anderer gewesen sein.«

»Also bloße Vermutung –«

»Ich nehm's auf meinen Eid.«

»Haben Sie denn den einen von den Wilddieben wirklich getroffen?«

»Das muß ich annehmen. Nach dem Schuß war nur noch einer an der Stange.«

»Sie meinten anfangs, Lauronat wäre umgefallen.«

»Das konnt' ich so genau nicht wissen.«

Der Richter schüttelte bedenklich den Kopf. Er vernahm auch Busze, auf die der Angeschuldigte sich mit der Behauptung berufen hatte, er sei die Nacht über in seinem Bette gewesen. Sie bestätigte das auch aus Furcht vor ihrem Manne, wurde aber vorerst nicht vereidigt. Sie habe geglaubt, sagte sie, daß Pawils am Morgen zum Termine gegangen sei. »Aber du hast den Termin nicht wahrgenommen«, wandte der Richter sich an Lauronat.

»Nein«, gab er zu.

»Weshalb nicht? Es handelte sich doch um eine große Summe.«

Lauronat verzog spöttisch den Mund. »Ich wußte ja doch, daß ein Litauer gegen den Juden nicht Recht bekommt.«

»Das ist dummes Gerede. Wie kannst du Recht bekommen, wenn du im Unrecht bist?«

Darauf schwieg der Angeschuldigte wieder trotzig.

Man hätte ihm nichts anhaben können, wenn sich nicht eine wichtige Zeugin gefunden hätte, durch deren Aussage die Untersuchung eine ganz unerwartete Wendung nahm. Lauronat hatte seine Magd geschlagen und aus dem Dienst gejagt. Eine große Unvorsichtigkeit. Denn sie war von ihm als Zeugin dafür benannt worden, daß er in der Nacht nicht fortgegangen sei. Nun beschwor sie zwar, daß sie ihn nicht fortgehen gesehen und gehört habe, sagte aber auch: »Es ist am Nachmittag jemand bei ihm gewesen.«

»Wer?« fragte der Richter.

»Die Lenke Kalbis aus Iblauken.«

»Was hat sie von ihm gewollt?«

»Das kann ich nicht wissen. Sie hat ihn heimlich sprechen wollen.«

»Und hat ihn auch gesprochen?«

»Sie ist zu ihm in den Stall gegangen.«

»Und, nun – ?«

»Weiter weiß ich nichts, als daß Jakubs Kalbis, ihr Bruder, am anderen Morgen tot gewesen sein soll.«

Der Richter verstand nicht sogleich den Zusammenhang. Er war aber an solche Querrednereien bei den Litauern gewöhnt, deren Bedeutung erraten werden mußte. »Was wollte denn die Lenke Kalbis von dir?« fragte der Richter den Angeschuldigten.

Lauronat hatte sich die Antwort schon zurechtgelegt. »Sie erzählte, ihr Bruder sei sehr krank geworden«, antwortete er, »und sie wolle den Arzt holen. Als sie durch Gilguhnen kam, war das Wetter sehr schlecht geworden, und sie trat deshalb bei mir ein und bat mich um Fuhrwerk. Meinen Braunen war das Wetter aber auch zu schlecht, und ich schlug's ihr rund ab. Darauf ist sie ärgerlich fortgegangen.«

Das ließ sich wohl hören. Nun verfolgte aber der Förster die Spur. »Der Kalbis wohnt am Moor«, sagte er, »und gar nicht weit von der Stelle, wo der Elch in den Graben geworfen ist. Wenn er nun am Morgen darauf tot war, und Lauronat etwa mit ihm zusammen ...«

Der Richter gab ihm einen Wink zu schweigen. Er wollte den Angeschuldigten in der Meinung lassen, daß er auf diesen Verdacht nichts gebe. Dann aber wurde die Leiche ausgegraben. Die Schußwunden im Rücken konnten noch festgestellt werden, und der Physikus fand auch die Rehposten in der Lunge. Sie hatten genau die Größe, wie die im Besitze des Försters befindlichen. Nun konnte es für gewiß gelten, daß Kalbis ein Wilddieb gewesen war.

Und der andere? Lauronat, der die Gefahr erkannte, hatte Lenke heimlich in der Nacht aufgesucht und unterrichtet, was sie sagen und verschweigen solle. »Das Geld unter dem Herde gehört dir und mir«, ließ er einfließen. Nun versicherte sie standhaft, sie wisse nicht, mit wem Jakubs gewildert habe. Er sei mit dem Schuß im Rücken nach Hause gekommen und bald darauf gestorben. Gesagt habe er nichts. Lauronat habe sie gar nicht gesehen.

Dann erschien es freilich sehr auffällig, daß Lenke am Nachmittag vorher bei ihm gewesen war und ihn um eine Arztfuhre für den Kranken gebeten hatte. »Jakubs war auch krank«, sagte sie auf diese Vorhaltung. »Ich hab' ihn mit vielen guten Worten gebeten, er möchte in der Nacht nicht fortgehen. Aber inzwischen war jemand bei ihm gewesen, und dem hatte er's versprochen. Ich glaube auch nicht, daß er von den paar Schrotkörnern gestorben ist, sondern weil er seine Krankheit nicht beachtet hat.«

Sie leistete den Eid, ohne mit der Wimper zu zucken. Lauronat warf ihr einen dankbaren Blick zu.

Nun sollte auch Busze schwören. Es blieb doch immer die Möglichkeit, daß er nicht der Mitschuldige war, und wenn man ihr glauben durfte, daß er die Nacht in seinem Bette zugebracht habe, war er's nicht. Davon hing jetzt viel ab – Lauronat selbst meinte, alles. Als sie vortrat, war sie kreidebleich. Warum hatte Lenke falsch geschworen, als weil sie ihrem Manne heraushelfen wollte? Und warum wollte sie ihrem Manne heraushelfen – ? Es brannte in ihrem Herzen wie höllisches Feuer. Die schlechte Person erwartete doch ihren Lohn! Sie wußte wohl schon, daß sie sich auf Pawils verlassen könnte. Und sie selbst sollte ihre Seele ... Busze war fromm; sie glaubte an die Strafen des Jenseits, mit denen der Richter drohte. Als sie die Hand aufhob, flatterten die Finger. Sie sah zu ihrem Manne hinüber, ganz hilflos. Wenn er sie liebevoll angeblickt hätte –! Aber in seinen Augen blitzte es, die Lippen preßten sich zusammen, und die Faust war geballt. Du mußt! schien er ihr zurufen zu wollen. Und da konnte sie nicht. Sie ließ die Hand sinken und sagte, kaum vernehmlich: »Ich will nicht – schwören, wenn ich nicht verpflichtet bin ... will nicht ...« Sie brach in ein schluchzendes Weinen aus. Der Gerichtsbote führte sie aus dem Zimmer.

Pawils Lauronat wurde verurteilt. –

Seitdem empfand er gegen seine Frau etwas wie Haß oder Verachtung, oder wie beides zugleich. Er wußte, daß er ihr zugemutet hatte, einen falschen Eid zu leisten, aber das entschuldigte sie in seinen Augen nicht. Sie war seine Frau und mußte für ihn einstehen – auch wenn er im Unrecht war, auch wenn sie nun sich selbst in die schwerste Seelennot brachte. Das war seine Empfindung, und sie sprach so deutlich, daß keine andere Stimme vernehmbar wurde. Busze hatte ihm selbst den Schwur gebrochen – feige und allein auf sich bedacht, hatte sie ihn im Stiche gelassen. Ein treuer Gefährte wollte und konnte sie ihm nicht mehr sein. Es war aus zwischen ihnen.

Busze sah das auch ebenso ein. Er brauchte gar kein Wort zu sagen, sie verstand ihn. Sie machte ihm auch keinen Vorwurf – ein anderer hätte nicht anders darüber gedacht. Es war ja auch nicht Gottesfurcht allein gewesen ..., sie konnte sich nicht einmal ehrlich damit verteidigen. Wenn er sie geschlagen, mit den Füßen gestoßen hätte, sie würde den Schmerz verbissen haben. Aber so viel war sie ihm nicht einmal wert, daß er sie züchtigte. Er sah über sie hinweg, als wäre sie für ihn nicht auf der Welt, und nachts schlief er im Stalle bei den Braunen oder nahm das Gewehr und ging fort.

Das blieb so, bis er ins Gefängnis abgeführt wurde, die beiden Strafen zu verbüßen. Kurz vorher hatte er von seinem Königsberger Anwalt einen Brief erhalten, der ihm meldete, daß der Prozeß verloren sei. Er möge sich nun erklären, ob er in die zweite Instanz gehen wolle. Zu raten sei hierzu aber durchaus nicht, da die Beweisaufnahme für ihn ungünstig ausgefallen. Wisse er nichts Neues von Erheblichkeit vorzubringen, so werde das Ergebnis genau dasselbe sein. Eine lange Gebührenrechnung lag bei. »Du kannst warten!« rief Lauronat höhnisch. Er war überzeugt, daß der Anwalt den Prozeß schlecht geführt, der Richter parteiisch geurteilt habe. In seiner jetzigen Stimmung hatte er aber kein besseres Vertrauen zu einem anderen Anwalt und zu einem anderen Richter. Sein Kopf faßte die Tatsache, daß er ohne erkennbare eigene Schuld sein Pferd und sein Geld verloren und obendrein alle die Kosten zu tragen haben sollte, nur unter der Beleuchtung, daß ein Litauer kein Recht bekomme – selbst nicht gegen die Juden. Keleiwis hatte vergeblich vor ihnen gewarnt! »Nun ist schon alles gleichgültig,« beschied er sich, »mag's gehen, wie's geht.« Er antwortete dem Anwalt gar nicht. »Mag's gehen, wie's geht.«

Im Gefängnis hatte er lange Zeit, über seine Erlebnisse nachzu-
denken und sich die Zukunft zurechtzulegen. Klarer wurde er sich
jedoch nicht. Im Gegenteil verbitterte sich nur noch mehr sein Ge-
müt, indem er sich vorstellte, wie immer ein Unglück sich ans andere reihte, bis die Kette ihn ganz niederzog. Alles, was ihn betroffen,
nannte er Unglück, auch was ihn ins Gefängnis gebracht hatte.
Wenn dies nicht gewesen wäre, würde auch das nicht gewesen sein
– und so weiter zurück bis zu den ersten Ursachen durch alle Fol-
gen hindurch. Stand da etwas im Wege, das sich so nicht einfügen
lassen wollte, so stieß er es zur Seite fort. Es war ihm aber auch ein
leichtes, Dinge in nächsten Zusammenhang zu bringen, die in Wirklichkeit fernab voneinander lagen. Er verband sie durch die Personen, zu denen er selbst in Beziehung ganz anderer Art stand, und
beurteilte diese Personen nun wieder aus seiner Stellung zu jenen
Dingen heraus. So ergab sich ihm, je länger er in einsamen Stunden
grübelte, ein Bild, in dem alle Linien schief und alle Farben verkehrt
waren. Seine Frau, die Altsitzer, der deutsche Nachbar, der Förster,
die Pferdejuden, Nathan Hirsch, die Richter, die Advokaten, alle
hatten sie sich zu seinem Unglück verschworen. Er mußte sich gegen sie wehren und brauchte in den Mitteln nicht zaghaft zu sein.
Wie sie ihm mitgespielt hatten, so meinte er's ihnen wiedergeben zu
dürfen. Und zuletzt würde er doch obenauf bleiben! Dann richtete
er sich auf. Es war sein einziges Vergnügen, sich auszudenken, wie
er mit jedem einen besonderen Tanz aufführen könnte, wenn er erst
wieder frei wäre. Ganz ohne Groll dachte er nur an Lenke. Sie hatte
für ihn geschworen, und sich dadurch auf Zeit und Ewigkeit mit
ihm verbündet. Auf sie durfte er sich verlassen. Er wußte noch
nicht, wie sie ihm ferner helfen könnte, aber seine Gedanken waren
viel bei ihr. Von ihr konnte er fordern, was er wollte, das stand in
seiner Überzeugung fest.

Als nun endlich der Tag seiner Entlassung herannahte, schrieb er
an Busze, sie sollte ihn mit den Braunen abholen lassen und die
lange Peitsche mitschicken. Er wollte wie ein Herr vom Gefängnis
abfahren, und den lumpigen Kerlen von Beamten, die ihn so lange
von obenher angesehen hatten, zeigen, wer er wäre.

Busze kam selbst. Sie sah krank und vergrämt aus – recht häßlich,
fand er. Und sie war nicht mit seinem Fuhrwerk gekommen, son-

dern hatte einen schlechten Gaul, dem die Knochen heraussteckten, vor den alten Arbeitswagen gespannt.

»Wo sind die Braunen?« herrschte er sie zornig an.

»Verkauft«, antwortete sie.

»Verkauft? Wer hat das gewagt –«

»Der Exekutor hat sie verkauft. Er hat alles verlauft was er fortnehmen konnte. Es sieht elend bei uns aus.«

»Das gilt nicht«, rief er, feuerrot vor Wut. »Was? In meiner Abwesenheit! Während ich im Gefängnis ... Das gilt nicht.«

Sie lächelte bitter. »Danach fragen sie nicht. Die Zinsen konnten nicht bezahlt werden und die Abgaben und die großen Kosten. Wovon sollte das alles bezahlt werden? Jeder griff zu.«

»Und du hast mich ausplündern lassen! Warte, das will ich dir gedenken.«

»Wie konnte ich ... «

»Mit dem Krüppelfuhrwerk fahre ich nicht«, sagte er, sich mit Verachtung abwendend. »Steige nur allein wieder auf. Ich gehe lieber zu Fuß – ich komme nach. So kläglich soll man den Pawils Lauronat in Gilguhnen nicht einfahren sehen. Die Braunen – ich könnte weinen. Das ist mir zum Possen geschehen. Aber warte nur –! Es wird sich finden.«

Busze versuchte, ihm gut zuzureden. Aber er hörte nicht auf sie, und wurde nur noch wilder. Sie mußte sich allein aufsetzen; kein freundliches Wort hatte sie erhalten – nicht einmal nach den Kindern hatte er gefragt. Traurig saß sie auf dem Strohbündel, ganz zusammengesunken; die Leine hielt sie lose in der Hand, der magere Gaul lahmte weiter, wie es ihm gefiel.

Lauronat ging auf weitem Umwege nach Hause. Er sprach in Iblauken bei Lenke Kalbis an. Sie stand in ihrem Garten mit der Hacke in der Hand, guckte über den Strauchzaun, sah ihn kommen und jauchzte hellauf. »Nun wird's wieder gute Zeit!« rief sie ihm zu.

Er faßte sie unter die Arme und hob sie über die roten Fichtenbüschel. »Mit dir möcht' ich einmal tanzen«, sagte sie lachend.

»Das kann wohl noch geschehen«, meinte er. Sie erfuhr, daß er eben aus dem Gefängnis komme.

»Du willst nun gewiß dein Geld holen«, forschte sie.

»Ist es noch da?« fragte er.

»Was denkst du? Es liegt, wo du es hingelegt hast.«

»So laß es liegen. Es läuft mir jetzt doch aus der Hand fort. Wer weiß, ob ich's nicht einmal nötiger brauche.«

»Bist du hungrig?«

»Nein, aber durstig. Nach all dem Gefängniswasser ein Glas Branntwein –«

»Die ganze Flasche sollst du haben. Komm ins Haus.«

Als er nach einer Stunde fortging, schien er nicht ganz sicher auf den Füßen. Er blickte über das Moor hin, blinzelte mit den Augen und sagte: »Nun soll der Förster bald wieder keine ruhige Nacht haben. Du wirst doch mit mir fahren?«

»Gewiß! Das Boot liegt im Schilf, und ich kenne alle Gräben. Klopfe nur dreimal ans Fenster, dann weiß ich, daß du's bist.«

»Also auf Wiedersehen!«

Haus und Hof fand er wirklich ganz so elend, als Busze vorhergesagt hatte. Den lahmen Gaul hatte der Exekutor ihm gelassen und die schlechteste Kuh. Die Stube und die Kammern waren bis auf das notwendigste Mobiliar ausgeräumt, auch seine besten Kleider, selbst das Gewehr, verkauft. Darüber war er am meisten aufgebracht. Nun mußte er von Lenke Kalbis ihres verstorbenen Bruders Jagdzeug borgen, das sich freilich dem seinigen nicht verglich. Vorräte fehlten. Der Acker war schlecht oder gar nicht bestellt. Erdenings hatte nur notdürftig für sich und Urte gesorgt. Dabei waren die Schulden nicht einmal getilgt, die Hypotheken gekündigt, neue Klagen im Gange. Es ließ sich voraussehen, daß das Grundstück in wenig Monaten zur Subhastation kommen mußte. Lauronat wußte gar nicht, wo er zuerst angreifen sollte, und gab's bald ganz auf, sich darüber den Kopf zu zerbrechen. Helfen konnte er sich doch auf die regelrechte Weise nicht mehr. Es kam nur noch darauf an, aus dem nahen Zusammenbruche möglichst viel für sich zu retten.

Der Krüger, mit dem er sprach, meinte, es werde ihm doch nichts übrigbleiben, als das Grundstück zu verkaufen. Könne das freiwillig geschehen, so lasse sich noch eher ein angemessener Preis erzielen, als beim Zwangsverkaufe. Wo aber einen Käufer finden? »Danach wirst du dich bei dem weisen Nathan erkundigen müssen,« meinte der Krüger, »der hat immer einige reiche Wirtssöhne an der Hand. Die Deutschen, die kaufen wollen, wenden sich auch an ihn.«

»Ich will an einen Deutschen nicht verkaufen«, sagte Lauronat. »Der Liebert hat schon bei mir anfragen lassen, aber der wär' der letzte.«

»Ja –«. Der Krüger zuckte die Achseln. »Sprich doch mit Nathan Hirsch. Reell ist er, und was irgendeiner machen kann, das kann er.«

Nathan Hirsch! An den wandte Lauronat sich ungern. Mit seinen großen klugen Augen sah der alte Mann ihn immer durch und durch. Er hatte das unbehagliche Gefühl, daß es nicht möglich sein könne, ihn zu überlisten. Macht er ein Geschäft, so weiß er ganz genau, daß es ihm nicht zum Schaden ausschlägt, und weiter geht er keinen Schritt. Würde er ihm jetzt helfen, irgendeinen Gimpel zu fangen? Lauronat kam sich selbst wie ein Gimpel vor, den der kluge Vogelsteller sich schon eingefangen hatte. Er war ihm im Innersten zuwider. Und doch – der Krüger hatte ganz recht: ohne Nathan Hirsch ließ sich in solchem Falle nicht vorwärtskommen.

Er entschloß sich also doch wieder, zu ihm zu gehen. Jedenfalls kostete es ja nichts, wenn er mit ihm sprach. Der alte Nathan empfing ihn aber diesmal mit sehr ernstem Gesicht. »Du hast mich in allerhand Ungelegenheiten gebracht,« warf er ihm vor, »weil du bist versteckt vorgegangen und mit der Wahrheit hast hinter dem Berge gehalten. Als ich dir die zweiten tausend Mark gab, hab' ich müssen glauben, es könnte dir geholfen werden. Hätt' ich sonst deine Schwiegereltern beredet, sie sollten zurücktreten, was ich doch für unschädlich hielt? Nun ist Erdenings zu mir gelaufen, wohl zehnmal, und hat sich beklagt, daß ich ihm Unrecht getan habe, und hat mich bei allen Leuten verschrien als einen Betrüger und Blutsauger. Der Mann aber, dem ich das Dokument zediert habe nach bestem Gewissen als gut und sicher, hat keine Zinsen erhalten und in meinem Hause gelärmt und von mir sein Geld haben wollen, da ich ihm doch nichts schuldig war. Und um mir in Tilsit die Kundschaft nicht zu verschlagen, hab' ich beißen müssen in den sauren Apfel und zurückkaufen das Dokument und selbst die Sache bei Gericht betreiben. Du bist ein leichtsinniger Mensch, mein guter Lauronat, auf den kein Verlaß ist. Gott gerechter, hätt' ich ahnen können, daß du ins Gefängnis wandern müßtest! Die Rebekka hat mir Vorwürfe gemacht und der Jakob und der Moses. Warum laß ich nicht meine Hand davon? Nun hast du's so weit gebracht als ein Verächter des Gesetzes. Die Augen aus dem Kopf schämen würd' ich mir an deiner Stelle. Du aber stehst da, als ob du nur zu kommandieren hast: Nathan spring' mir auf! Was willst du von mir, frag' ich?«

»Du sollst mir das Grundstück verkaufen«, sagte der Litauer. »Was schreist du mich an? *Dein* Geld ist ja doch allemal sicher.«

»Ich kann froh sein, wenn ich herausbiete meine Hypothek«, antwortete Nathan. »Wer kann mehr geben für ein verwahrlostes Grundstück ohne Inventar?«

Lauronat lachte auf. »So billig geb' ich's nicht, du wirst einen besseren Käufer finden.«

»Meinst du? Und wenn einer etwas zulegt, das kommt dem Altsitzer zugute. Mit dem großen Ausgedinge kauft kein vernünftiger Mensch das Grundstück. Erdenings fällt aus. Verkaufst du aber, daß er nicht ganz leer ausgeht, so bleibt für dich doch unter Umständen nichts übrig.

»Es soll aber für mich etwas übrigbleiben«, sagte Lauronat, und trat dabei mit dem Fuße auf. »Wie du es machst, ist deine Sache. Für dich selbst nimm ab, so viel du willst.«

Nathan Hirsch wiegte unmutig den weißen Kopf. »Bin ich ein Hexenmeister? Kann ich herausschlagen Gold aus Steinen? Soll ich dir zuliebe an einem anderen zum Spitzbuben werden? Geh' mir, geh'! Du bist schlecht. Für keinen Pfennig Vertrauen setze ich mehr in dich. Was einen Menschen heraufbringt, das ist Arbeitsamkeit – daß er über das Notwendige tätig ist – und Sparsamkeit – daß er auch von dem kleinen Gewinn etwas ablegt für die Zukunft – und Redlichkeit – daß er sein Wort hält, wie er es gegeben hat. Du aber bist auf der Jagd herumspaziert wie ein Junker, und hast allemal mehr verbraucht als eingenommen, und hast viel versprochen, aber wenig gehalten. Deshalb ist es mit dir gegangen bergab, bis ganz unten hin. Wie willst du verkaufen mit Überschuß für dich selbst, wenn dir kein Strohhalm auf dem Dache mehr gehört?«

Diese Vorhaltung war dem Litauer offenbar sehr ärgerlich. »Du bist nicht mein Vormund«, sagte er, »und auch nicht mein Seelsorger. Es wär' alles anders gekommen, wenn nicht ...« Er schlug mit der Hand in die Luft. »Du bist klüger als ich. Soll ich dich belehren, wie man beim Grundstücksverkauf etwas herausschlägt? Du kannst meinetwegen parzellieren. In Stücken bringt das Land mehr ein. So hast du auch dem Kristups Klaputis und dem Endrik Klimkies geholfen und vielen anderen: ein Stückchen ist noch für sie übriggeblieben.«

»Die waren so tief nicht verschuldet,« versicherte Nathan eifrig, »da ließ sich das Geschäft machen. Ich hab' ihnen Gutes getan, und nun hören sie doch auf schlechte Leute und meinen noch nicht genug gerettet zu haben und nennen mich verächtlich einen Güterausschlächter. Man tut euch, wenn ihr euch ruiniert habt, nichts zu Dank. Übrigens behalt' ich mir vor, dein Grundstück zu parzellieren, aber erst, wenn ich's habe annehmen müssen für mein Geld.«

»Jude –!« rief Lanronat und ballte die Faust.

»Und ich will dir auch sagen warum und wozu, mein lieber Sohn. Für mich selbst will ich nicht mehr als mein Kapital und meine Zinsen und Auslagen. So viel zahlt jeder für das Grundstück – da bin auch ich ganz ruhig. Aber hinter mir steht ein alter Mann und eine alte Frau, die haben gehofft, gesichert zu sein bis an ihr seliges Ende, und sollen jetzt werden Bettler. Denn mit dem Altenteil kann Erdenings nicht mitbieten – die Gläubiger lassen ihm nicht stehen die Hypotheken, wenn er nichts hat in der Hand, die Wirtschaft wieder heraufzubringen. Deshalb denk' ich dran, das Grundstück zu verkaufen in Parzellen für einen besseren Preis und den Käufern aufzulegen einen angemessenen Teil der Last oder für Erdenings und seine Frau das Haus und den Garten und ein paar Morgen Acker übrigzubehalten an Stelle ihres Ausgedinges. Das mag dann künftig ihre Tochter von ihnen erben.«

Lauronat schien sehr beunruhigt; seine Finger zuckten und die Blicke wanderten im Zimmer herum. »Das also hast du im Sinne?«

zischte er. »Für die Nichtstuer willst du sorgen, wenn deinen Worten zu trauen ist, mich aber, den Wirt, läßt du verderben! O pfui!«

»Sie sind alt, Pawils, sie sind alt«, sagte Hirsch. »Wird dich Gott werden lassen alt, wird er dich lassen einsehen, daß die Jahre auch drücken. Jetzt bist du noch jung und kannst arbeiten und mit deiner Arme Kraft verdienen deinen Unterhalt. Wenn du willst, ich soll parzellieren mit demselben Effekt, daß für dich nichts bleibt und die Altsitzer den Rest nehmen, so will ich's parzellieren vor dem Zwangsverkauf. Anders tu' ich's nicht.« Er hob sein Samtkäppchen ab und setzte es wieder auf, als ob er sagen wollte: Adieu, das ist mein letztes Wort.

So verstand Lauronat ihn auch. »So mag alles gehen, wie's geht,« rief er, »ich kann's nicht halten.« An der Türe kehrte er sich noch einmal zurück. »Aber bilde dir nicht ein, daß ich dir glaube. Für mich willst du jetzt nichts tun, aber für Erdenings wirst du später auch nichts tun. Es kommt dir nur darauf an, daß keiner dich stört, billig zu kaufen. Hast du den Zuschlag, so bist du der Herr und treibst die alten Leute unbarmherzig aus. Sie wirst du so wenig schonen wie mich –.« Er schüttelte die Hand über dem Kopfe. »Wenn du die Macht hast! Ja – wenn du die Macht hast.«

Höhnisch lachend verließ er das Zimmer und warf die Tür hinter sich ins Schloß, daß die Fenster klirrten. Jetzt war es ihm gewiß, daß der Jude sein Verderben wollte.

Deshalb hatte der Jude, so meinte Lauronat, ihm das Geld auf Wechsel gegeben, deshalb noch mehr Geld aufgeschwindelt, deshalb die Altsitzer überredet, ihm das Vorzugsrecht einzuräumen! Jetzt kaufte er das Grundstück für ein Butterbrot. Pfiffige Berechnung war alles! Eine Schlange hatte ihn umringelt und schnürte ihm den Hals zu. »Aber so bald bin ich nicht wehrlos gemacht«, rief er. »Ich kenne jetzt meinen Feind und nehme den Kampf mit ihm auf. Warte das Ende ab!«

Er hatte von Lenke Kalbis das Gewehr ihres Bruders geliehen und ließ sich nun kaum noch ohne dasselbe sehen. Es war immer geladen. Die Hausgenossen hatten Furcht vor ihm. Erdenings und seine Frau wagten sich nicht aus ihrer Kammer heraus, wenn er auf dem Hofe war, und Busze behandelte er wie eine untreue Magd. Auch die Nachbarn schwebten fortwährend in Angst, daß er das Gewehr als Waffe gegen sie brauchen könnte, wenn sie ihm nicht in allem den Willen täten. Er fing an, die Zäune abzubrechen und die Bäume umzuhauen. Was sich irgend vom Grundstück entfernen ließ, machte er zu Gelde. Er schloß Freundschaft mit allerhand übelbeleumundetem Volk in den Ortschaften am Moor und am Fluß, traktierte mit Branntwein und schaffte sich so einen stets bereiten Anhang. Wenn der Schulze ihm schüchtern Vorhaltungen machte, lachte er und sagte: »Es kommt noch besser. Der Jude soll sich geschnitten haben, der Blutsauger, der Betrüger! Was mein ist, ist mein, und damit tu' ich, was ich will! Nichts soll er haben, als das kahle Land!«

Der Termin der Zwangsversteigerung des Grundstückes war anberaumt, Liebert vom Gericht zum Sequester bestellt. »Nimm dich in acht,« drohte Lauronat, »daß ich dich nicht auf meinem Grund und Boden antreffe. Es könnte dir schlecht gehen. Ich dulde da keinen Deutschen über mir.« Dabei schlug er an den Kolben des Gewehrs. Eines Abends, als es schon dunkel geworden war, rückten mehrere Fuhrwerke auf den Hof, Arbeitswagen mit langen Leitern zu beiden Seiten, wie sie zum Einfahren von Getreide und Heu gebraucht werden. Die Führer kamen schon halb betrunken an und tranken noch weiter aus einer Flasche, die Lauronat reihum gehen ließ. In dem Winkel zwischen dem Stall und der Klete standen sie eine Weile zusammen und schienen zu beraten. Dann schlug Lauronat in die Hände und rief: »Vorwärts!«

Die unheimlichen Gäste holten nun aus ihren Fuhrwerken Äxte, Hämmer und Sägen herbei, die unter den Strohsitzen versteckt gelegen haben mochten, kletterten auf die Dächer der Gebände, setzten sich oben rittlings und begannen ein sonderbares Zerstörungswerk. Die als gezäumte Pferdeköpfe ausgeschnittenen Giebelbretter wurden heruntergeschlagen und polterten auf den Hof. Es folgten die hölzernen Dachreiter, die den Strohbelag festzuhalten hatten. Dann wurde das Stroh selbst abgerissen und in Bündeln hinabgeworfen, so daß bald die Sparren sichtbar wurden. Obgleich sicher der Befehl ausgegeben war, es solle dies alles möglichst still geschehen, riefen die betrunkenen Kerle einander doch laut zu, um nach kurzer Zeit aus dem Lachen und Johlen nicht mehr herauszukommen.

Der alte Erdenings, der schon hatte schlafen gehen wollen, hörte das Poltern und eilte ans Fenster. Er merkte sogleich, was im Werke war. »Was tut dein Mann?« rief er in die Stube hinein.

»Ich weiß nicht«, antwortete Busze, am ganzen Leibe zitternd. »Mit mir spricht er nicht.«

»Ist er toll geworden?« schrie Urte mit ihrer schrillen Stimme. »Er bricht das Haus ab.«

»Ja, er bricht es uns über dem Kopfe ab«, klagte der Alte, »und er scheint schnelle Helfer zu haben.« Eben glitt dicht vor dem Fenster ein Dachreiter über das Strohdach nieder und schlug auf das Steinpflaster am Hause.

»Du darfst das nicht leiden«, sagte Urte. »Das Haus darf er nicht abbrechen. Laufe zum Sequester und zeig' es ihm an.«

Erdenings kratzte sich den Kopf. »Pawils ist imstande, mich über den Haufen zu schießen, wenn er mich fortgehen sieht«, jammerte er. »Mein Gott, mein Gott! Hast du uns denn ganz verlassen?«

»So will ich –«, rief Urte. »So kann's doch nicht gehen, sonst schlafen wir diese Nacht unter freiem Himmel.« Sie hüllte sich in ein großes schwarzes Tuch, das sie über den Kopf genommen hatte, und schlich hinaus.

Erdenings öffnete indessen das Fenster und schrie: »Fort da! Was wollt ihr? Herunter vom Dach! Ich lasse nichts rühren – es gehört mir so gut wie dem Wirt. Fort, Räuber, befehl' ich!« Er wurde ausgelacht und verhöhnt. »Hört nicht auf den,« sagte Lauronat, »der ist der Rechte! Er will mit dem Juden gemeinsame Sache machen. Ich weiß es von Nathan selbst.«

Der Abbruch wurde fortgesetzt. Urte hatte aber doch während des Lärms auf einer Seite das Gehöft unbemerkt verlassen können. Sie fand Liebert mit Anspannen beschäftigt.

»Ich kann da nicht einschreiten,« sagte er, »sie schlagen mich tot. Geh' zum Schulzen – er wird dir aber auch nicht helfen können und vielleicht auch nicht wollen. Sie stecken alle unter einer Decke.«

»Und du fährst fort und bist doch der Sequester?«

»Ja –«, antwortete er ausweichend, »es ist besser, ich bin nicht zu Hause. Wenn man nach mir fragt ... ich bin nach meinem Heu gefahren. Verstehst du?«

Er fuhr auch in der Richtung nach den Wiesen aus dem Dorfe hinaus, wendete aber bald um und jagte den großen Weg entlang, so schnell die Pferde laufen konnten.

Urte ging von Haus zu Haus, die Nachbarn um Beistand in ihrer Not anzurufen. Es nützte ihr aber nichts, daß sie an Tür und Fenster pochte. Als sie zurückkehrte, umstanden schon viele Leute in Gruppen den Hof und freuten sich laut über das sonderbare Schauspiel. Die Frühlingsnacht war kühl und windig, aber nicht so dunkel, daß ihnen entgehen konnte, was am Hause geschah. Dort brannten auch Kienfackeln und warfen ein rotflackerndes Licht über die nächste Umgebung. Am Himmel stand die Mondsichel, aber sie leuchtete wenig, und meist zog finsteres Gewölk darüber hin. – »Hindere deinen Mann,« sagte die Altsitzerin zu Busze, »er führt das Diebesgesindel an.«

»Ich vermag nichts,« entgegnete die Frau, »er hört nicht auf mich. Er achtet mich nicht mehr als sein Weib, weil ich nicht für ihn geschworen habe. Die Kinder, die armen Kinder!« Sie rang die Hände.

Das Zerstörungswerk wurde rastlos fortgesetzt. Schon war das Stroh des Daches zum größten Teil abgelöst und rundum hinabgeworfen. Die über die Sparren genagelten Querlatten wurden mit Äxten losgeschlagen, die Holzpflöcke und Riegel aus den Verbindungslatten der nun ganz kahl dastehenden Dreiecke mit Hämmern hinausgetrieben, die Sparren umgeworfen. Das war keine leichte Arbeit, denn der Bau stammte noch aus der guten alten Zeit, als man das festeste Holz verwendete und wie für die Ewigkeit zusammenfügte. Als man nun gar auf der Stallseite zum Gebälk gelangte, wuchs die Schwierigkeit, den Verband zu lösen, die vierkantigen Balken aus den Lagern zu heben und über die Giebelwand fortzuschieben. Es vergingen mehrere Stunden, bis die Holzwände selbst in Angriff genommen werden konnten. Ein Teil des Sparrenwerks nach dem Vordergiebel zu stand noch neben dem gespenstisch in die Nacht aufragenden Schornstein, als hinten am Stall und seitwärts an der Klete schon die Pfosten krachten. Die Hölzer lagen in wüsten Haufen auf dem Hofe. Männer und Weiber schleppten sie dort auf die bereitstehenden Fuhrwerke. Fortwährend kreisten die Branntweinflaschen. Lauronat legte nicht selbst Hand an, kommandierte aber wie ein Unteroffizier die Arbeiter, von denen die meisten Soldat gewesen waren und ihn gut verstanden. Er ging auf dem Hofe umher, die Flinte am Riemen über die Schulter gehängt, um einen halben Kopf die längsten überragend. Die Flasche ließ er nie an sich vorüber, ohne einen tiefen Zug zu tun. »Sputet euch,« ermunterte er, »sputet euch, Kinder! Vor Sonnenaufgang darf kein Splitter mehr auf dem Platze sein.«

Es war aber kaum Mitternacht, als von der Dorfstraße her Peitschenknallen vernehmbar wurde. Plötzlich erhoben die Zuschauer dort ein Geschrei und stoben auseinander. »Der Herr Gendarm – der Herr Gendarm!« Der Ruf setzte sich bis zum Hause fort. Die Arbeiter ließen einen Augenblick die Äxte ruhen, stellten sich aufrecht und schauten aus, was es gäbe. Nun fuhr ein Wagen im eiligsten Galopp auf den Hof und in den Stroh- und Holzhaufen hinein. »Licht aus!« rief Lauronat. Die Kienfackeln verlöschten.

Den Wagen kutschierte Liebert. Neben ihm saß der Gendarm, den Säbel über den Knien. Den hinteren Sitz hatten Nathan Hirsch und sein Sohn Jakob eingenommen. Als die Pferde zum Stehen gebracht waren, sprang der Gendarm vom Wagen ab und zupfte seinen Rock zurecht. Nathan Hirsch aber erhob sich, streckte die Arme aufwärts und schrie so laut, als seine dünne Stimme es erlaubte: »Halt – halt! Was tut ihr? Ihr vergreift euch an fremdem Eigentum! Das gehört mir – ich hab' Beschlag darauf gelegt. Gott gerechter, die Verwüstung! Sie bringen mich um mein Pfand. Fort! Keine Hand rührt sich mehr! Herr Gendarm, helfen Sie – bringen Sie das Gesetz zur Achtung. Diebe, Räuber!«

Einige von den schon halb beladenen Fuhrwerken setzten sich eiligst in Bewegung. »Niemand rührt sich von der Stelle«, donnerte der Gendarm. »Im Namen des Königs steht! Wer seid ihr? Was habt ihr hier bei Nacht und Nebel zu schaffen? Jedes Stück Holz, jedes Bündel Stroh bleibt auf seinem Platz! Keiner entfernt sich, ohne seinen Namen genannt zu haben.«

»Wir haben das Holz gekauft,« ließen sich einige Stimmen murrend vernehmen, »es gehört uns.«

»Noch ist es nicht vom Grundstück herunter,« schrie Nathan, »es gehört zum Pfand und muß bleiben beim Pfand. Herr Gendarm, lassen Sie nicht zu ...«

Der Gestrenge winkte ihm rückwärts mit der Hand, zu schweigen. »Wer hat euch angestiftet?« fragte er die Arbeiter.

»Ich!« antwortete für sie Lauronat, indem er einen Schritt vortrat und mit der Hand auf seine Brust schlug.

»Ich.«

»Ja, er – er!« rief Nathan, immer noch auf dem Wagen stehend. »Er verdirbt das Grundstück – er verachtet das Gesetz. Tun Sie dem Verderben Einhalt, Herr Gendarm.«

»Was willst du?« herrschte Lauronat ihn an. »Noch gehört das Haus mir, und ich kann damit tun, was ich will.«

»Das kannst du nicht – das kannst du nicht!«

»Ich kann damit tun, was ich will. Und ich hab's an die Leute zum Abbruch verkauft. Sie können ehrlich nehmen, was ihnen gehört.«

»Das können sie nicht! Herr Gendarm –«

»Das können sie. Der Gendarm ist nicht das Gericht. Das Gericht hat dir das Haus noch nicht zugesprochen. Ich bin der Wirt und tue damit, was ich will.«

»Aber hast du denn keine Scham im Leibe –«

»Kümmert euch nicht um den Juden,« wandte Lauronat sich zu den Arbeitern. »Er hat mich ruiniert und will mich jetzt nackt ausziehen – aber das letzte soll er nicht haben.«

»Ich – ich? Gottes Gerechtigkeit!«

»Vorwärts! Brecht die Bude herunter. Fahrt ab – ich erlaub's euch. Es hat hier niemand zu befehlen, als ich.«

»Ist das der Dank dafür, daß ich dir Gutes getan habe?« schrie Nathan vom Wagen herunter.

»Vater –!« suchte Jakob Hirsch zu begütigen.

Aber der alte Mann schob seine Hand zurück. »Soll es mich nicht empören in meinem innersten Herzen, solche Schlechtigkeit anzusehen? Das Haus ist ein Trümmerhaufen. Und er will's noch weiter verwüsten, der Schurke!«

»Schurke –? Der Riemen des Gewehrs war von der Schulter geglitten, Lauronat hielt es oben am Lauf in der linken Hand und hob es ein wenig.

»Du bist verhaftet«, sagte der Gendarm, der indessen herumgegangen war und sich die Gesichter der Leute in der Nähe angesehen hatte. »Was treibst du dich hier mit dem Gewehr herum?«

Lauronat lachte kurz auf. »Ich bin hier auf meiner Jagd«, antwortete er grinsend. »Willst du meinen Jagdschein sehen? Ich schieße Hasen und Rehe, wie mir's gefällt, aber auch Hirsche, wenn sie sich in mein Gebiet verirren. Auf so einen hätt' ich wahrlich Lust ...«

Er griff mit der rechten Hand hastig an das Schloß des Gewehres und hob den Kolben nach dem Kinn.

In diesem Augenblick stürzte sich Busze, rasch vortretend, ihm zu Füßen und griff nach seinem Arm. »Um Jesu willen,« schrie sie, »tu's nicht, Pawils!«

Er stieß sie mit dem Fuße fort. »Ist dir der Jude mehr wert als dein Mann?« Der Schuß ging los – Blitz und Knall in eins.

Vom Wagen her ein jäher Aufschrei – kurz – schrill markerschütternd. Der Mann mit dem schneeweißen Bart griff mit beiden Händen nach der Brust, taumelte, fiel hintenüber. Jakob suchte ihn aufzuhalten, aber der Körper entglitt ihm und stürzte auf die Erde. Da lag er neben den Rädern regungslos. Die großen Augen waren weit aufgerissen. Jakob warf sich jammernd über ihn.

In zwei Sekunden war alles geschehen. Nun kreischten die Weiber, durch die Reihen der Männer lief ein Gemurmel der Überraschung, des Unwillens. Noch hatte sich der Pulverdampf nicht verzogen, als der Gendarm Lauronat an der Gurgel faßte, Liebert ihm das Gewehr zu entreißen suchte. »Mörder – Mordbube –!«

Der Litauer war selbst eine kurze Zeit lang wie vom Schreck erstarrt. »Ist er tot?« lallte er. »Das hab' ich – nicht gewollt. Weshalb kam das Weib ...«

Die beiden Männer packten ihn fester. Nun aber schien er auch zu begreifen, um was es sich für ihn handelte. Ohne das Gewehr loszulassen, schlug er Liebert zurück und schüttelte den Gendarm ab. »Mir vom Leibe, ihr Hunde! – Wer will etwas von mir?« Das war zu einigen Nachbarn gesagt, die Anstalt machten, dem Gendarm zu Hilfe zu kommen. Man kannte seine Stärke und wich ihm aus. Rückwärts schreitend bahnte er sich mit den Armen den Weg durch die umstehende Menge und verschwand hinter der Ecke des Hauses.

Der Gendarm stürzte ihm nach, Liebert folgte, auch andere setzten sich in Bewegung. Aber Lauronat hatte schon einen weiten Vorsprung. Die schattenhafte Gestalt huschte um den Zaun des Nachbarhauses, wurde durch das Weidengebüsch am Graben verdeckt, tauchte noch einmal auf, entfernte sich rasch über das Feld hin und war, als die Verfolger atemlos dort anlangten, wie in die Erde gesunken.

Nathan Hirsch ward in die Stube getragen und aufs Bett gelegt, bis auf dem Wagen ein Lager zugerichtet sein würde. Sein Sohn Jakob kniete neben ihm und wehklagte laut. »Er war ein gerechter Mann, ein guter Mann! Seine Gerechtigkeit haben die Richter im Lande anerkannt, und seine Güte haben die Armen gepriesen. Warum hat Gott verderben lassen den Gerechten?« Der Bretterbelag über den Querbalken der Stubendecke war an der einen Seite schon fortgerissen worden. Durch die Lücke war der Himmel sichtbar – an der silberhellen Mondsichel jagten die Wolken hin.

Busze sah mit starrem Blick dahinauf. Es war ihr, als löse die Diele, auf der sie stand, sich vom Boden und gleite über schnellbewegtes Wasser schwankend fort. Ihre Gedanken taumelten – sie griff mit den Händen ins Leere nach einem Halt. Sie konnte nicht weinen, nicht jammern. All ihr Glück war zerstört.

Pawils Lauronat blieb verschwunden. Vergeblich spürte die Polizei ihm überall in den Häusern am Moor und in den Fischerdörfern am Haff nach. Die wenigen Gendarmen, über welche sie verfügte, reichten zu einer planmäßigen Verfolgung nicht aus. Meilenweit Wald und Sumpf. Wenn er dorthin geflüchtet war, wie konnte der Fang glücken, falls nicht der Zufall half?

An eine wirksame Unterstützung durch die litauischen Bauern und Fischer war nicht zu denken. Sie billigten nicht die Tat, aber sie hatten doch ihre besondere Meinung darüber. »Lauronat hat den Juden erschossen –«, ging es von Mund zu Mund; darin sprach sie sich zum Teil schon aus. Der Jude hatte für sie keinen Namen – er war eben der Jude schlechthin. Sie konnten dem alten Hirsch nichts Böses nachsagen, aber er war der Mann, der das Geld hatte, und sie waren die Armen, die es immer brauchten. Sie wußten, daß ihnen durch seinen Tod nicht geholfen werden konnte; aber es erschien ihnen doch wie eine Art von Vergeltung für allerlei eigene Unbill des Schicksals, daß einer den Mut gehabt hatte, die seinige blutig zu rächen. Es fiel ihnen kaum ein, zu untersuchen, ob Lauronat selbst sein Unglück verschuldet, ob der Jude ihm ein Unrecht zugefügt hatte, ob irgendeine menschliche Pflicht verletzt und eine Sühne herbeigeführt sei: Lauronat war ein Litauer, und der Jude ein Jude, und was geschehen war, war nun einmal geschehen. Es stand ja auch fest, daß Lauronat Haus und Hof verlieren sollte, und daß ihm sogar verwehrt wurde, sein Eigentum zu zerstören und über das alte Holz nach Gefallen zu verfügen. »Jeder wehrt sich, wie er kann, und rettet, was noch zu retten ist.« Darüber dachten sie gerade wie er. Auf einen Menschen mehr oder weniger kam es auch nicht viel an, und nun gar auf einen Juden ...

Etwas anders sah die Sache schon aus, als die Söhne des Ermordeten fünfhundert Mark für den zur Verfügung stellten, der Lauronat gefangen dem Arme der Gerechtigkeit überliefern würde, und der Staatsanwalt nun in allen Schankstuben ein Plakat anschlagen ließ, das diese Belohnung zusicherte. Fünfhundert Mark waren für jeden eine große Summe, für manchen armen Teufel ein Kapital, das ihn fürs Leben glücklich machen konnte. Schade um Lauronat, aber – jeder ist sich selbst der Nächste. Die Lockung war groß und die Versuchung nicht gering. Hätte man ohne Gefahr an ihn kommen können, diesem oder jenem, der noch nie so viel Geld in der

Hand gehabt, würde das Gewissen nicht hinderlich gewesen sein. Aber man hatte es mit dem »Starken« zu tun. Ein einzelner war ihm nicht gewachsen, und wenn mehrere sich zusammentaten, minderte sich der Lohn. Auch dann konnte man noch nicht wissen, was geschah. Daß Lauronat seine Freiheit teuer verkaufen würde, konnte nicht zweifelhaft sein.

Aus der Welt war er nicht gegangen, nicht einmal aus dem nächsten Bezirk. Aber dieser nächste Bezirk war die meilenweite Ibenhorster Forst, die sogar dem Elch noch naturwüchsig genug erschien. Daß er dort hauste, nahmen die Förster als gewiß an; ihnen konnten die Spuren der Wilddieberei nicht entgehen, die jetzt ganz besonders schwunghaft und keck betrieben wurde. Alle Wachsamkeit nützte nichts; manchmal in der Nacht fielen Schüsse unweit der Forsthäuser. Bald glaubten sie sich zu überzeugen, daß eine ganze Bande tätig war, die wohlorganisiert sein mußte und einem Oberbefehl gehorchte. Es lief auch überall das Gerücht um, Lauronat habe die verwegensten Wilddiebe an sich gezogen und kommandiere sie wie ein Räuberhauptmann. Sie hätten ein verstecktes Lager im Walde, das auch die Förster nicht zu finden wüßten, und wären entschlossen, jeden über den Haufen zu schießen, der sie anzugreifen wagte. Mitunter wurden in den Dörfern unter Drohungen Lebensmittel requiriert; an einer angezeigten Stelle sollte dafür Wild zu finden sein und wurde stets auch gefunden. Es kam auch vor, daß einem Kinde ein Zettel in die Hand gesteckt war, auf dem geschrieben stand, was man brauchte und einzutauschen beabsichtigte. Das Verlangte wurde nach dem Versteck gebracht, wo sich der Empfänger nie blicken ließ, das Wild verheimlicht und weiter ins Land hineingeschafft. Der Polizei Anzeige zu machen, hielt niemand für geraten. Öfter als sonst kamen in der Gegend Brände vor, und man munkelte, das Feuer sei aus Rache angelegt. Blieb das auch unbewiesen, so mochte man doch Haus und Speicher keiner Gefahr aussetzen. Aber was geschah, war öffentliches Geheimnis, und im Landratsamte wurde ernstlich in Erwägung gezogen, wie diesem Unwesen zu steuern sei.

Eines Abends spät, als der Pfarrer mit der langen Pfeife in der Hand in seinem Garten auf und ab ging, die Predigt zum nächsten Sonntag vorzubereiten, trat unvermutet ein Litauer an ihn heran,

der ihm seiner ungewöhnlichen Länge wegen gleich auffallen mußte.

»Du kennst mich doch?« fragte dieser, ganz demütig seine Mütze
abziehend.

»Lauronat!« rief der Pfarrer, indem er ängstlich zurückwich.

»Ja – Pawils Lauronat,« bestätigte jener, »derselbe, der den Juden
erschossen hat. Du weißt doch.«

»Was willst du von mir?«

»Sei ohne Furcht, es geschieht dir nichts. Ich wollte dich nur fragen –«

Der Geistliche sah sich um, ob er jemand zur Hilfe herbeirufen
könnte. Lauronat merkte seine Absicht und legte den Finger an den
Mund. »Zu fangen bin ich nicht,« sagte er, »aber einem, der's versuchte, könnt's schlecht gehen – das wäre dann seine Schuld und
deine.«

»So sprich.«

»Ich wollte dich nur fragen, Herr Pfarrer, ob es wirklich eine so
große Sünde ist, daß ich den Nathan Hirsch totgeschossen habe.«

»Einen Menschen –!« rief der Geistliche verwundert.

»Doch nur einen Juden«, fügte der Litauer hinzu.

»Ist ein Jude kein Mensch?«

»Ja – – aber die Juden haben den Herrn Christus ans Kreuz gebracht. Er hat schwer gelitten bis Sonnenuntergang.«

»Und deshalb willst du befugt sein –«

»Der alte Nathan ist gleich auf der Stelle tot gewesen. Nicht eine
Minute hat er sich gequält. Er hat nicht einmal –,« er stockte und
schüttelte sich ein wenig, wie von einem Schauer erfaßt –, »er hat
nicht einmal Zeit gehabt, die Augen zuzumachen.«

»Soll dir das zur Entschuldigung dienen, Pawils? Du hast Men-
schenblut vergossen – vielleicht in der Erregung des Augenblicks,
im Zorn, im Trunk ... Ich weiß nicht, ob der Richter dein Verbrechen
für todwürdig erachten müßte. Aber eine schwere Sünde hast du

begangen, und sie drückt auch schon schwer dein Gewissen, sonst kämst du nicht zu mir.«

Lauronat starrte vor sich hin. »Es ist nicht so ... Nein! Nur weil ich immer das Gesicht mit dem weißen Bart und den offenen Augen sehe – im Wachen und Schlafen ... Es ist eine Krankheit. Und ich komme zu dir, um zu hören, ob du nicht ein Mittel dagegen kennst?«

»Reue und Buße, Pawils – ein anderes Mittel gibt's nicht«, sagte der Pfarrer überzeugt.

»Das ist schlimm,« sprach der Litauer leise vor sich hin, »es geht mir schon schlecht genug, und leid kann mir's doch nicht tun um so einen. Du hast selbst gesagt, Gott hat die Juden zur Strafe ausgestreut über alle Länder der Erde!«

Dem Pfarrer war längst die Tabakspfeife ausgegangen. Er hatte sie in der Mitte angefaßt und gestikulierte nun so lebhaft damit, daß die grünseidenen Troddeln um die Spitze schwenkten. »Ich habe aber auch gesagt,« fiel er eifrig ein, »daß wir Gott das Gericht lassen sollen in Ewigkeit. Hab' ich das nicht gesagt?«

»Ja – das hast du wohl gesagt«, antwortete Lauronat kleinlaut. Er stand noch eine Weile unschlüssig. »Du meinst also, daß der liebe Gott mir doch den Juden anrechnen wird – da oben?«

»Gewiß! Nach seiner Gerechtigkeit und Barmherzigkeit. Bete, Pawils, bete! Damit dich nicht einmal deine letzte Stunde unvorbereitet trifft.«

Lauronat ergriff seinen Arm und bückte sich, einen Kuß darauf zu drücken. Aber der Pfarrer zog ihn fort. »Laß das,« verwies er, »du machst damit nichts besser.«

Er zögerte noch. »Ich hab' ein Reh in deiner Küche abgegeben,« sagte er, »nimm's zum Dank für deinen Rat, Herr.«

Ehe der Geistliche noch darauf antworten konnte, war der Litauer seinen Blicken entschwunden. Sehr aufgeregt trat er ins Haus. Er gab sogleich Befehl, daß das Reh auf dem Amt abgegeben würde. In seinem Arbeitszimmer schrieb er dann einen umständlichen Bericht an den Staatsanwalt.

Lauronat ging übers Feld dem Moore zu. Er vermied auch das Dorf Iblauken und gelangte in weitem Bogen zum Torfhause. Innen war's ganz dunkel. Er klopfte ans Fenster, dreimal mit kurzen Unterbrechungen und jedesmal mit zwei schnellen Schlägen, das war das verabredete Zeichen. Dann wartete er an der Tür, bis sie geöffnet wurde. »Bist du's Pawils?« fragte Lenke.

»Ich bin's«, antwortete er.

»So komm rasch herein. Die Nachtluft ist kalt.«

Er bückte sich und trat durch die niedrige Tür, sie hinter sich zuziehend.

»Soll ich Licht anzünden?«

»Nein – ich gehe gleich wieder.«

»Was willst du denn so spät?« fragte sie. »Mich friert. Ich muß mir ein Tuch umbinden. – Nun?«

»Ich hab' dieses Leben satt, Lenke.« Er suchte mit der Hand nach dem Schemel und setzte sich. »Tag und Nacht keine Ruhe – gehetzt von den Förstern und Gendarmen ... Wie lange dauert's noch, da fallen mir die Kleider in Fetzen vom Leibe – ich kann dann nicht mehr fort. Lieber gleich. Der Jude gibt mir auch hier keinen Frieden – mit seinen großen Augen ist er überall, und der Pfarrer sagt ... Das ist ein dummes Gerede. Aber bleiben kann ich nicht. Wer weiß auch ... Es ist viel Geld auf meinen Kopf gesetzt, und einem von den Schuften, die bei mir sind, könnt's doch einfallen ... Ich will über das Wasser –«

»Nach der Nehrung?«

»Nein, nach Amerika.«

»Ach –!«

»Da kennt mich keiner und ich kann arbeiten und meinen Kindern etwas schicken – und ich denke auch, die Augen des alten Juden reichen nicht so weit.«

»Was sprichst du doch – ? Du kannst einen graulich machen.«

»Es ist nur nicht so leicht fortzukommen. Überall wird mir aufgepaßt. Und ich muß auch erst auskundschaften, ob von Memel ein

Schiff abgeht. Das kann ich vielleicht in Ruß erfahren. Wir haben da gute Freunde. Jedenfalls komm' ich übermorgen um diese Zeit, dir zu sagen, wie's steht, und Abschied zu nehmen und das Geld zu holen –«

»Das Geld?«

»Ja. Es liegt doch noch unter dem Herde?«

»Gewiß – es liegt da. Du hast aber gesagt, es gehört mir so gut wie dir.«

»Ich konnte doch nicht wissen ... Und jetzt brauch' ich's nötiger, wie du. Wie soll ich ohne Geld nach Amerika kommen? Von dort schick' ich dir mehr als das.«

Sie schien zu bedenken. »Übermorgen um diese Zeit?« fragte sie.

»Ja, dann kann ich reisefertig sein. Oder wenn du mir das Geld gleich geben willst –«

»Nein, nein! Wozu? Sie können es dir fortstehlen. Hole es nur, wenn du es wirklich brauchst. Ich denke, du besinnst dich noch anders.«

Er schwieg und stand auf.

»Also übermorgen um diese Zeit.«

»Ja. Ich klopfe wieder an. Halte das Geld bereit.«

Lauronat tappte nach der Tür und verließ die Hütte.

Am nächsten Tage bald nach Mittag hatte Lenke Kalbis einen sehr merkwürdigen Besuch. Moses Hirsch kam zu ihr; sein Bruder Jakob hielt mit dem Fuhrwerke hinter dem Birkenwäldchen am Dorfe. »Ich denke, du kennst mich«, sagte er.

Das bestätigte sie lachend. »Willst du mir die Kate abkaufen?«

»Nein,« antwortete er, »aber du kannst viel Geld verdienen, wenn du klug bist.«

»Da wär' ich doch neugierig.«

Moses Hirsch meinte, sie wisse wahrscheinlich noch nicht, daß er und sein Bruder und sein Schwager kürzlich den Lohn für den, der

Lauronat gefangen einbrächte, verdoppelt hätten. »Tausend Mark sind zu verdienen.«

Lenke stieß einen Laut der Verwunderung aus: »Tausend Mark – «

»Wenn du wolltest ...«

»Ich?«

»Du wirst es ja ableugnen, und bewiesen kann's nicht werden. Aber für uns ist kein Zweifel, daß du weißt, wo der Mörder steckt, und wie man an ihn kann. Es ist auch sehr wahrscheinlich, daß er mitunter zu dir kommt – und jedenfalls wird er kommen, wenn du ihn lockst.«

Sie sah ihn erschreckt an. »Aber wer kann das sagen?«

»Ich sag's, und es hört's niemand. Warum willst du's bestreiten? Ich weiß doch, was ich weiß. Und ich weiß auch, daß tausend Mark sind für dich ein Reichtum. Weshalb soll sie ein anderer haben? Lange halten kann er sich doch nicht in der Forst. Mir ist's gleich, wer ihn der Justiz überliefert; ich tu' nur, was ich schuldig bin meines Vaters Andenken und der Gerechtigkeit. Ich habe keinen Schlaf, bis die Mordtat ist gerächt nach dem Gesetz. Willst du mir dazu helfen, so verbürg' ich dir den Lohn. Was geht dich der Mann an? So hübsch und jung du bist – für tausend Mark kannst du dir einen aussuchen nach deinem Gefallen. Überleg's und entscheide zu deinem Besten.«

Lenke war blutrot geworden und hatte dann wieder die Farbe verloren. Mit hastenden Fingern flocht sie an dem blonden Zopfe, der ihr nach vorn über die Schulter gefallen war. Die Blicke hafteten am Boden und die Wimpern waren in flimmernder Bewegung. Sie überdachte blitzschnell, was zu tun sei. Sie war dem langen Menschen recht gut, recht gut – aber er wollte fort, weit fort außer Landes, und sie würde ihn nie mehr sehen. Und das Geld nimmt er mit ... Und sein Sinn ist schon verändert ... Wenn sie ihn fangen, ist's doch aus – und sie werden ihn fangen. Warum also nicht? Die Finger zuckten begehrlich. Nun fing aber auch das Herz zu pochen an, die Stirn krauste sich – sie schüttelte den Kopf. »Du irrst,« sagte sie, »ich weiß von Lauronat nichts ich sehe und spreche ihn nicht. Wahrhaftig, du irrst.«

»Wie du willst«, antwortete Moses Hirsch, sich abwendend. »Ich dachte, die tausend Mark wären dir ein lieberer Schatz als der. Helfen kannst du ihm doch nicht. Aber wenn du Bedenken hast ... ich will dich nicht überreden.«

Er grüßte kurz und ging. Nach hundert Schritten sah er zurück. Lenke stand noch auf derselben Stelle. Sie hatte den Kopf gesenkt und den Daumen der rechten Hand zwischen die Zähne gesteckt. Soll ich – soll ich nicht? Sie ließ Moses Hirsch noch hundert Schritte weiter gehen. Dann – mit einem raschen Entschluß sich losreißend – eilte sie ihm nach. Er blieb stehen und wartete auf sie. »Du hast recht,« zischelte sie ihm zu, »ich kann ihm doch nicht helfen. Morgen – zwischen zehn und elf – hat er versprochen, zu mir zu kommen. Wer vorher zu mir kommt, den will ich einlassen.« –

Lauronat hielt Wort. Er klopfte dreimal, wie verabredet, ans Fenster und ging dann nach der Tür. Sie wurde nach einer kleinen Weile von innen her geöffnet. Kaum war er in den finsteren Raum getreten, als ihn rechts und links kräftige Arme packten. »Da haben wir den Schurken,« rief eine männliche Stimme, »Licht – Licht!« Ein Streichhölzchen flammte hinten im Winkel auf. Lauronat sah, daß zwei Gendarmen ihn gefaßt hatten. Der das Licht auf dem Tisch anzustecken versuchte, war Moses Hirsch, und neben ihm stand sein Bruder Jakob. »Ha verraten!« schrie er auf. Im Augenblick lähmte ihn die fürchterliche Gewißheit.

Der Docht faßte nicht sogleich. Es wurde wieder dunkler, bis das Flämmchen sich allmählich vergrößerte.

In dem engen Raum entstand ein wütendes Ringen. Die beiden sehr kräftigen Gendarmen faßten Lauronat am Halse und suchten seine Hände festzuhalten und aneinander zu bringen. Jakob Hirsch stürzte mit einem Strick auf ihn und war bemüht, ihm die Schlinge überzuwerfen. Nun aber wehrte sich der Litauer, der rasch die volle Besinnung wiedergewonnen hatte, mit aller Macht. Die Gefahr steigerte noch seine Kraft. Mit einer scharfen Drehung machte er seinen rechten Arm frei und versetzte damit seinem Gegner auf dieser Seite einen so heftigen Schlag gegen die Brust, daß er taumelte und nach Atem rang. Jakob Hirsch stieß er mit dem Knie zurück. Die freigewordene Hand griff nach der Kehle des anderen Gendarmen und drückte sie fest zu. Dieser mußte seinen Hals loslassen, um erst selbst den Angriff abzuwehren. Mit einem heftigen Rucke schüttelte Lauronat ihn gänzlich ab und warf ihn zu Boden. Er hätte jetzt entfliehen können, wenn die Tür nicht zugefallen gewesen wäre. Gegen diese wich er zurück; zugleich ergriff er den Schemel, der umgeworfen und über den Boden gerollt war, hob ihn drohend und schrie: »Wer mir in die Nähe kommt, ist des Todes!« Mit der linken Hand griff er hinter sich und suchte die Tür aufzuziehen; es gelang aber nicht. Nun hatte der erste Gendarm den Säbel gezogen, der andere sich aufgerafft, auch die beiden Juden gingen mutig vor. In wenigen Sekunden mußte der ungleiche Kampf mit der Niederlage des Litauers geendet haben. Er selbst konnte sich darüber nicht täuschen; was er noch zu seiner Verteidigung tat, war nur ein Gewaltstreich der Verzweiflung. Mit dem Schemel fing er den Säbelhieb auf, dann schleuderte er ihn mit furchtbarer Wucht gegen die Köpfe der Angreifer. So gewann er ein wenig freien Raum. Er wußte, daß der Türpfosten nur schwache Verbindung mit der Torfwand hatte. Mit der Schulter gegen die Tür anlaufend, drückte er ihn zusamt derselben nach außen hinaus. Die Bretter brachen krachend zusammen. Er selbst fiel über sie hin, behielt aber Zeit, sich wieder aufzurichten. Mit einer gellenden Lache stürzte er fort in das Dunkel. Die Gendarmen fluchten mit den Juden um die Wette hinter ihm drein.

Lauronat trieb sich die ganze Nacht in der Heide, im Moor und im Walde umher. Eine tiefe Traurigkeit befiel ihn. Lenke hatte er nicht gesehen; sie hielt sich hinter dem Bretterverschläge versteckt oder war fortgegangen. Aber er zweifelte keinen Augenblick an ihrem Verrat. »Die Bestie -,« knirschte er, »sie hat mich verkauft! Das Geld unter dem Herde und das Geld der Juden - ah, du Hundsblut!« Auf sie hatte er sich verlassen, und sie zuerst verriet ihn.

Am Morgen fühlte er sich ganz mutlos, ganz gebrochen. Wohin – wohin? In Ruß hatte er an einer Mauerecke das Plakat gesehen, inhaltsdessen für seine Ergreifung der doppelte früher versprochene Lohn zugesichert wurde. Wenn Lenke ihn verriet, wie konnte er den Wilddieben, die seine Gesellen waren, ferner noch Vertrauen schenken? Er hatte sich auch überzeugt, daß es nicht möglich sein würde, über Ruß nach Memel zu entkommen. Die Schiffer, denen er sich entdecken mußte, waren nicht zuverlässig. Über die russische

Grenze zu gehen, schien ebenso bedenklich. Wie sollte er sich drüben ausweisen, wo jeder Litauer als Schmuggler verdächtig war? Wohin – wohin?

Todmüde setzte er sich auf einen Stein und stützte den Kopf in die Hände. Er schloß die Augen und ließ allerhand traumhaften Vorstellungen freie Bahn. Busze und die Kinder kamen ihm in Gedanken – die Altsitzer – die beiden Braunen – die Pferdehändler mit der schönen Stute – Keleiwis – die Kahnfahrt mit Jakubs Kalbis – die Elche ... und wie alles so eins aus dem andern entstanden war und sich doch nicht recht erklären lassen wollte. Und da lag wieder der Weißbart auf der Erde und starrte ihn mit offenen, verglasten Augen an – der alte Jude ... aus der Brust sickerte ihm das Blut. Und hinter sich hörte er ganz deutlich den Pfarrer sprechen: »Reue und Buße – Reue und Buße!«

Er raffte sich auf und ging nach dem Gewehr. Es war geladen. Er überzeugte sich davon und hielt es eine Weile auf der linken Hand vor sich hin, die rechte am Schloß, wie auf dem Anstand. Dann schüttelte er den Kopf und lachte grinsend, setzte den Kolben auf die Erde und richtete den Lauf nach seiner Brust. Wieder schien ihm ein anderer Gedanke in die Quere zu kommen. »Schade um die tausend Mark,« murmelte er, »soll die keiner verdienen?« Plötzlich ruckte er den Kopf zurück. »Ja – das kann geschehen.«

Er stand auf und ging über das Feld auf Gilguhnen zu. Sein Haus fand er noch ungefähr in der Beschaffenheit, in der er es verlassen hatte. Das Dach war nicht wieder aufgesetzt; die Sparren und Balken lagen in großen Stapeln an der Wand, und das Stroh in einem Haufen mitten auf dem Hofe. Die in die Stallwand gerissene Lücke war mit Brettern vernagelt; die im Gärtchen niedergeschlagenen Birken hatte man entästet und zersägt. Lauronat ging um das Haus herum und trat durch den Pfeilergang in den Flur ein, der keine Bedachung hatte, dann in die große Stube. Hier waren über die Deckbalken Bretter geschoben, um den Regen abzuhalten. Im Bett lag Stroh; in der Ecke nach den Fenstern hin stand der Tisch vor der in der Wand befestigten Bank.

Dort saß Busze mit den Kindern. Es war noch früh. Sie verzehrten ihr Morgenbrot und löffelten aus einer am Rande eingebrochenen Schale eine Suppe. Die Frau sah vergrämt aus und handhabte den

Löffel langsam, kaum an das Nächste denkend. Als die Tür knarrte, blickte sie um und ließ ihn auf den Tisch fallen. »Pawils –,« rief sie, »mein Gott – du? Kinder – der Vater!«

Sie liefen ihm entgegen. Er küßte sie und nahm sie mit sich zur Mutter. Ihr reichte er die Hand, die Augen waren ihm feucht. »Wie geht's euch?« fragte er.

»Schlecht, schlecht,« antwortete sie, »wir müssen froh sein, daß man uns noch nicht ausgetrieben hat. Dir aber geht's noch schlechter –«, sie hielt nur mit Mühe das Weinen zurück.

»Sorge nicht um mich«, sagte er. »Es kann sein, daß ich's verschuldet habe. Vielleicht ... Wer denkt im voraus an alles? Um die Kinder tut's mir leid. Wenn ich denen ...« Er setzte sich und hob sie auf sein« Kniee. »Habt ihr noch das Schreibzeug und ein Stück Papier?«

Es fand sich ein Schulheft mit einigen reinen Blättern vor, und in der Ecke des Wandschranks auch ein Fläschchen mit Tinte, eine alte Stahlfeder und ein Stückchen Siegellack; der Winkelschreiber hatte die Sachen gebraucht, wenn er Eingaben anzufertigen kam. »Willst du schreiben?« fragte Busze verwundert.

»Ja,« antwortete er, »darum komm ich nach Hause. Es ist etwas sehr Wichtiges und muß gleich fort. Mache dich zu einem Gange bereit.«

»Ich soll – weggehen«, wendete sie schüchtern ein, »und du ...«

»Ich bleibe hier, bis du zurückkehrst«, entgegnete er. »Aber es ist ein weiter Weg, du wirst ein paar Stunden brauchen. Dafür bringt er sich auch ein. Wenn du Glück hast, bringst du tausend Mark mit.«

Busze betrachtete ihn scheu. Sie fürchtete, es sei in seinem Kopfe nicht ganz richtig, aber sie sagte nichts, sondern zog die Jacke an, die an dem kahlen Bettpfosten hing, und knüpfte das schwarze Tuch um den Kopf zurecht.

Währenddessen schrieb der Mann am Tische mit großen lateinischen Buchstaben in litauischer Sprache auf das Blatt: »Der Wirt Pawils Lauronat, der den Juden erschossen hat, sitzt jetzt in seinem Hause zu Gilguhnen. Die Herren können ihn dort gefangennehmen.

Die Anzeige macht die Frau Busze Lauronatene, die es weiß. Sie erhält dafür die tausend Mark, die von den Juden auf seinen Kopf gesetzt sind. Warum sie's tut, das geht keinen was an. Sie bekommt das Geld.«

Er schwenkte das Blatt, bis die Schrift trocken war, legte es klein zusammen und verschloß den Brief mit dem Siegellack, so daß die Kanten nur oben zusammenhielten. Obenauf schrieb er: »Pons Staatsanwalts.« Dann reichte er ihn seiner Frau. »Der Herr Staatsanwalt wird auf dem Gerichte sein«, sagte er ganz ruhig. »Geh' zu ihm und laß dir den Brief nicht von einem anderen aus der Hand nehmen. Was darin steht, ist eine wichtige Sache, die soll kein anderer erfahren. Wenn er dich aber ausfragt, so sage nur: es steht alles richtig im Brief, und weiter nichts.«

Busze nickte. »Mir ist so angst«, sagte sie. »Bleibst du jetzt bei uns? Aber wie kann das sein? Sie suchen dich ja.«

Er reichte ihr wieder die Hand. Ihre Frage beantwortete er nicht. Nach einer kleinen Weile ließ er sie los und kehrt sich ab. Sie ging.

Mehrere Stunden waren verlaufen. Lauronat hatte von dem Brote, das noch auf dem Tische lag, ein kleines Stück gegessen, sich dann auf die Bank gestreckt und geschlafen. Die Altsitzer waren aus ihrer Kammer hereingekommen, aber gleich wieder zurückgegangen, als sie merkten, welcher Gast eingekehrt war. Sie wollten für alle Fälle nichts gesehen haben. Dann, bevor Busze noch wieder zu Hause anlangte, trabten die beiden Gendarmen auf den Hof, sprangen ab und traten rasch ein. Die Kinder versteckten sich und weinten.

Lauronat erhob sich von der Bank und setzte sich aufrecht, die Schulter an die Wand lehnend. Die Gendarmen waren mit Karabinern bewaffnet und hielten sie schußfertig in der Hand. »Jetzt haben wir dich,« sagte der Wachtmeister, »du sollst uns nicht wieder durchbrennen. Ergib dich – du bist unser Gefangener.«

Der Litauer lächelte. »Ihr habt mich, weil ich mich selbst gefangen gebe«, antwortete er. »Der Brief, den meine Frau überbracht hat, ist von mir geschrieben.«

»Von dir?«

»Und sie hat nicht gewußt, was darin stand. Aber sie hat mich angezeigt und bekommt die Belohnung, wenn's nach dem Rechten geht.«

Der Schulze, den die Gendarmen im Vorbeireiten instruiert hatten, kam mit einem Fuhrwerk. Lauronat erhielt den Befehl, sich fertig zu machen. »Wir müssen dich binden«, sagte der eine. »Wer weiß, ob es dir nicht unterwegs leid tut.«

Lauronat zuckte die Achseln. »Laßt mich nur noch von den Kindern Abschied nehmen«, bat er. Er winkte sie heran, küßte sie und sagte ihnen dann, sie sollten der Mutter entgegengehen und sie grüßen und ihr bestellen, daß alles gut sei.

Die Kleinen machten sich eiligst aus dem Staube. Kaum konnten sie die Dorfstraße erreicht haben, als Lauronat unter die Bank griff und sein Gewehr hervorholte. Ehe die Gendarmen zuspringen konnten, hatte er den Kolben auf die Erde gesetzt und die Stirn auf den Lauf gebückt. »Nun braucht ihr mich nicht zu binden«, rief er. Mit dem Fuße drückte er ab. Ein Knall erschütterte das Haus, Pulverdampf erfüllte den Raum. Ein schwerer Körper sank von der Bank auf den Fußboden.

Als die Gendarmen entsetzt zutraten, lag Lauronat mit zerschmettertem Schädel da. Es war kein Leben mehr in ihm.

Der Wachtmeister zog seine lederne Brieftasche unter dem Uniformrocke vor und schrieb den Rapport. »Er behält recht«, knurrte er. »Zu binden brauchen wir ihn nicht.«

Über tredition

Eigenes Buch veröffentlichen

tredition wurde 2006 in Hamburg gegründet und hat seither mehrere tausend Buchtitel veröffentlicht. Autoren veröffentlichen in wenigen leichten Schritten gedruckte Bücher, e-Books und audioBooks. tredition hat das Ziel, die beste und fairste Veröffentlichungsmöglichkeit für Autoren zu bieten.

tredition wurde mit der Erkenntnis gegründet, dass nur etwa jedes 200. bei Verlagen eingereichte Manuskript veröffentlicht wird. Dabei hat jedes Buch seinen Markt, also seine Leser. tredition sorgt dafür, dass für jedes Buch die Leserschaft auch erreicht wird.

Im einzigartigen Literatur-Netzwerk von tredition bieten zahlreiche Literatur-Partner (das sind Lektoren, Übersetzer, Hörbuchsprecher und Illustratoren) ihre Dienstleistung an, um Manuskripte zu verbessern oder die Vielfalt zu erhöhen. Autoren vereinbaren direkt mit den Literatur-Partnern die Konditionen ihrer Zusammenarbeit und partizipieren gemeinsam am Erfolg des Buches.

Das gesamte Verlagsprogramm von tredition ist bei allen stationären Buchhandlungen und Online-Buchhändlern wie z. B. Amazon erhältlich. e-Books stehen bei den führenden Online-Portalen (z. B. iBookstore von Apple oder Kindle von Amazon) zum Verkauf.

Einfach leicht ein Buch veröffentlichen: **www.tredition.de**

Eigene Buchreihe oder eigenen Verlag gründen

Seit 2009 bietet tredition sein Verlagskonzept auch als sogenanntes "White-Label" an. Das bedeutet, dass andere Unternehmen, Institutionen und Personen risikofrei und unkompliziert selbst zum Herausgeber von Büchern und Buchreihen unter eigener Marke werden können. tredition übernimmt dabei das komplette Herstellungs- und Distributionsrisiko.

Zahlreiche Zeitschriften-, Zeitungs- und Buchverlage, Universitäten, Forschungseinrichtungen u.v.m. nutzen diese Dienstleistung von tredition, um unter eigener Marke ohne Risiko Bücher zu verlegen.

Alle Informationen im Internet: **www.tredition.de/fuer-verlage**

tredition wurde mit mehreren Innovationspreisen ausgezeichnet, u. a. mit dem Webfuture Award und dem Innovationspreis der Buch Digitale.

tredition ist Mitglied im Börsenverein des Deutschen Buchhandels.

Dieses Werk elektronisch lesen

Dieses Werk ist Teil der Gutenberg-DE Edition DVD. Diese enthält das komplette Archiv des Projekt Gutenberg-DE. Die DVD ist im Internet erhältlich auf **http://gutenbergshop.abc.de**

Zeitfracht Medien GmbH
Ferdinand-Jühlke-Straße 7
99095 Erfurt, Deutschland
produktsicherheit@kolibri360.de